HORI

SCRIBE ET DÉTECTIVE

Le scarabée du cœur

BÉATRICE ÉGÉMAR

HORI

SCRIBE ET DÉTECTIVE

Le scarabée du cœur

FLEURUS
www.editionsfleurus.com

« On ne peut pas ôter le poison
du crocodile, du serpent
ni de l'homme mauvais. »

SAGESSE ÉGYPTIENNE

CHAPITRE I

– Je vois un garçon… Un jeune garçon monté sur un âne. Il est mince, ses pieds sont nus, et il a des cheveux noirs. Il doit avoir douze ou treize ans. L'âne est chargé, je vois des paquets, une outre d'eau…

L'homme caché dans l'ombre interrompit la magicienne d'une voix sèche :

– Ce détail ne m'intéresse pas. Que vois-tu encore ?

Un brasero de bronze ouvragé dégageait une épaisse fumée ; l'atmosphère de la pièce était étouffante. Tanépi, la magicienne, commençait à se fatiguer. Des gouttes de sueur perlaient sur son front, ses mains tendues tremblaient. Elle portait une lourde perruque tressée, et son maquillage accentuait encore sa fatigue. Ses visions l'épuisaient et le maître se montrait toujours plus exigeant.

– Il y a un objet étrange derrière le garçon, une boîte en bois accrochée à un gros rouleau…

L'homme frémit dans la pénombre.

– Un coffret de scribe ? Le garçon est un étudiant ?

La femme fronça les sourcils.

– Je ne sais pas… Oui ! C'est un rouleau de papyrus[1]. Et je vois le signe de Thot[2], l'ombre du dieu Thot sur ce garçon. C'est un scribe, un élève.

– Vois-tu autre chose qu'un enfant ? Que pourrions-nous avoir à craindre d'un enfant, même lettré ? s'impatienta l'homme sombre.

– Je vois un gros homme à ses côtés, dans une chaise à porteurs. Mais…

1 Plante qui pousse dans les eaux peu profondes ; on fabriquait avec ses tiges une sorte de papier.
2 Voir Le Panthéon des dieux, p. 182-183.

Éreintée, la magicienne se redressa lourdement et s'éloigna du réchaud.

– Seigneur, c'est lui, j'en suis sûre. La vision était claire : le danger te viendra par cet enfant.

Les yeux mi-clos, le visage levé vers le doux soleil du matin, Hori souriait. Il n'avait rien d'autre à faire que de se laisser porter par l'âne jusqu'à Thèbes[1], la ville des dieux. Ce voyage avec son oncle Ithou était sa première découverte du monde, l'occasion de quitter enfin son village pour connaître une grande ville. Les parents d'Hori habitaient Iounou, un petit bourg à trois jours de marche de Thèbes, et le garçon n'avait jamais eu le loisir de s'éloigner de chez lui. Alors, même s'il était coincé entre un rouleau de papyrus et un sac à provisions, même si l'animal marchait lentement, l'adolescent était heureux.

---

1 Ville du sud de l'Égypte, qui fut longtemps sa capitale et qui joua un rôle religieux très important. C'est à Thèbes que se trouvent les temples de Karnak et de Louxor.

Il savourait sa liberté toute neuve : à douze ans, après six années d'études, il quittait enfin l'école de la maison de Vie[1] pour commencer son apprentissage de scribe avec Ithou.

Six ans seulement ! Hori avait l'impression d'avoir passé une éternité accroupi sur sa natte, enfermé dans la salle accolée au temple, à recopier des papyrus d'une main maladroite. Ses hiéroglyphes et ses signes étaient les moins beaux de toute la classe, et son maître ne se privait pas de le lui faire remarquer. Heureusement, l'enseignement des prêtres portait sur bien d'autres choses que l'écriture, et dès qu'Hori avait posé ses calames[2], sa vivacité d'esprit et sa curiosité faisaient merveille... Il n'était pas doué pour écrire, voilà tout.

Bientôt, ces années d'études ne seraient plus qu'un pâle souvenir. Il allait à Thèbes ! Thèbes, la belle du sud, la gigantesque cité

1 Rattachées aux temples, les maisons de Vie servaient d'écoles, mais aussi de bibliothèques, de lieux de recherche et d'étude.
2 Baguettes de jonc taillées à une extrémité pour faire une sorte de pinceau.

du dieu Amon, coupée en deux par le Nil… On prétendait que ses temples regorgeaient de richesses, que leurs murs et leurs statues étaient plaqués d'or et d'argent, et que le grand prêtre d'Amon était presque aussi riche et puissant que Pharaon lui-même. Sur les quais de Thèbes, le garçon verrait des bateaux en provenance du sud, des voyageurs du monde entier venus admirer les merveilles de la ville aux cent portes. Et c'est là que lui, Hori, modeste fils de cordonnier, travaillerait pour l'Égypte, qu'il aiderait à faire régner Maât, la justice des dieux…

– Hori, tu m'écoutes ?

La voix d'Ithou sortit le garçon de sa rêverie.

– Je suis désolé, Maître, je crois que je n'ai pas bien compris ce que tu viens de me dire…

– Hori, tu as toujours la tête ailleurs ! Comment vais-je arriver à faire de toi un scribe honorable ?

Le gros homme, l'air découragé, essuya la

sueur qui lui coulait dans les yeux et se donna une claque sur la cuisse.

– Ah ! Si tu n'étais pas le fils de ma sœur, je crois que je te ramènerais à l'école, au lieu d'essayer de faire entrer quelque chose dans ton crâne d'oiseau !

Hori bondit, comme piqué par une épingle.

– Tu ne ferais pas ça, oncle Ithou !

– Maître Ithou !

– Maître Ithou, pardon. Je ne veux pas retourner à l'école ! Je ne vais pas passer encore une année à recopier le livre de Kémyt[1] avec le maître Mésou…

– Et que crois-tu que j'aie fait, moi, à ton âge ? C'est avec le livre de Kémyt que des générations de scribes ont appris à écrire ! C'est une grande chance de pouvoir être scribe sur la terre de Pharaon, une grande chance, ne l'oublie jamais, mon garçon. Il n'y a pas meilleur métier. Tu seras respecté

1 Manuel scolaire qui servait à l'apprentissage des jeunes scribes.

partout où tu iras! Mais cet honneur se mérite. Il faut apprendre les livres de sagesse, maîtriser les deux écritures[1]. Quant au prêtre Mésou…

Le regard d'Ithou se teinta de respect.

– En voilà un, au moins, qui sait se faire obéir par ses élèves. Tu te souviens de sa maxime favorite, je suppose?

Hori grimaça.

– Je m'en souviens: «Les oreilles de l'écolier sont sur son dos: il écoute quand on le bat!»

– N'oublie pas ça, Hori. Ton ancien maître t'a confié à moi pour poursuivre ton apprentissage, mais si tu ne fais pas davantage d'efforts, je te ramène à l'école de la maison de Vie. Compris?

Le garçon baissa la tête et dissimula un sourire en coin. Son oncle Ithou aimait montrer son autorité, mais il ne ferait jamais une chose pareille. Heureusement…

1 Les deux écritures sont les hiéroglyphes, pour les inscriptions officielles (par exemple sur les temples), et le hiératique, qui est l'écriture courante.

– Oui, maître Ithou.

– Bien, bien.

Hori et Ithou arrivèrent à Thèbes au coucher du soleil. La ville d'Amon était immense et grouillait de monde. Les porteurs avaient du mal à se frayer un chemin dans les ruelles étroites et sinueuses. Partout, une foule bruyante se pressait, discutait, riait. Des enfants nus, une amulette[1] bleue accrochée au cou, couraient en criant derrière des oies. Des marchands interpellaient les passants derrière des montagnes de concombres, de figues, de melons d'eau et de raisins venus du delta. L'air était chargé d'odeurs puissantes, de parfums, de poussière… Ithou, en vieil habitué, avait sorti un chasse-mouches de plumes pour s'éventer et éloigner les insectes.

Hori fut surpris par les maisons blanches

1 Bijou gravé de formules magiques destinées à protéger celui qui le porte.

et roses à étages, collées les unes contre les autres, avec des terrasses en guise de toits. Ici, les jardins lui semblaient minuscules ; il vit même des palmiers plantés au sommet d'une maison !

Délaissant les quartiers populaires, son oncle fit arrêter la litière dans une rue calme, devant une bâtisse d'un blanc étincelant, construite au milieu d'un superbe jardin entouré d'un mur de terre.

– Nous sommes arrivés chez moi. Et là, regarde, Hori.

Ithou tendit le bras vers l'ouest.

– C'est le grand temple de Karnak[1] !

Loin derrière la demeure de son oncle, le garçon aperçut un gigantesque ensemble de pierre. En Égypte, seuls les temples et les tombeaux étaient construits en pierre ; tout le reste, maisons de pauvres et palais de rois, était en brique et ne méritait pas l'éternité. Sous le soleil couchant, les mille bâtiments

1 Ensemble de temples construits par une succession de pharaons et consacrés essentiellement au dieu Amon, qui se trouve sur la rive est de Thèbes.

du temple de Karnak composaient une ville d'or. Plus hautes que les murs, plus hautes que les palmiers des jardins, de splendides aiguilles de pierre semblaient percer le ciel de leurs pointes étincelantes : des obélisques !

Hori restait sans voix.

– C'est immense ! Et c'est là que tu travailles ?

– Oui. C'est tout près d'ici que tu vas débuter ton apprentissage, dès demain. Vois : juste derrière le temple, le fleuve Nil ! Et au-delà, sur la rive ouest, c'est la ville des morts.

Hori, impressionné, regarda l'autre rive, là où des pharaons avaient bâti leurs temples funéraires[1], pour que leurs noms soient honorés pendant des millions d'années. Plus loin, au pied d'une montagne en forme de pyramide, la vallée des Rois[2] abritait leurs tombes, creusées au cœur de la roche brûlée par le soleil.

---

1 Temple destiné au culte du pharaon, considéré comme un dieu, de son vivant et après sa mort.
2 Vallon désertique dans lequel étaient enterrés les pharaons du Nouvel Empire.

– T'es-tu déjà approché de la vallée des Rois, mon oncle ?

– Non, Hori, tu sais bien que c'est un endroit sacré. Nul ne peut y accéder sans autorisation. Mais je suis déjà allé sur la rive ouest, bien sûr ; seul l'accès à la vallée est interdit.

Silencieux, le garçon savourait ce moment. Les grands temples sacrés, la nécropole[1] royale, la montagne thébaine, domaine de la déesse cobra… Tous ces lieux le faisaient rêver depuis longtemps. Pourvu qu'un jour l'occasion se présente de traverser le fleuve ! Mais ce n'était sûrement pas pour demain : Hori devrait attendre, et la patience n'était pas sa qualité première.

---

1 Cimetière.

CHAPITRE II

Le voleur descendit de sa barque de papyrus. Il avait bien choisi son heure : à la lueur du soleil couchant, personne ne l'avait vu traverser le fleuve. Il tira l'embarcation sur la berge et la cacha au milieu d'un buisson : il en aurait besoin pour rentrer ; pas question de passer la nuit sur la rive des morts... L'obscurité était remplie de dangers, d'animaux malfaisants et de revenants.

L'homme frissonna et longea le canal qui reliait le Nil à un lac artificiel. Le grand pharaon Aménophis III avait fait bâtir là le gigantesque palais de Malqatta, tout près de son temple funéraire. Depuis longtemps, le palais était abandonné, il n'en restait que d'imposantes ruines et ce lac. L'endroit était désert, mais, à un jet de pierre du vieux palais, des soldats montaient la garde devant des temples et des chantiers. Le voleur longea les murs en prenant soin de ne pas se faire repérer.

Il entra dans les anciens jardins par une brèche. Le spectacle était désolant : seuls quelques palmiers avaient survécu ; les bassins, vidés de leur eau depuis longtemps, étaient remplis de gravats. L'homme regardait le sol avec inquiétude : les éboulis étaient le repaire favori des serpents et des scorpions. Ce qui l'intéressait, lui, c'était les appartements royaux. Même s'il n'était pas le premier à visiter le palais, il avait confiance en sa chance. Il trouverait bien quelque chose, un morceau de meuble incrusté d'ivoire ou de pierres précieuses, une statuette et, si les dieux étaient avec lui, un bijou oublié…

Le voleur parcourut plusieurs salles décorées de hautes colonnes peintes. Soudain, son instinct l'avertit d'un danger et il se cacha derrière un pilier. À travers une porte entrebâillée brillait une faible lumière. Doucement, retenant son souffle, l'homme s'approcha de l'ouverture et observa.

Dans une petite pièce éclairée par des torches, il vit une haute et mince silhouette vêtue de noir, coiffée d'une tête de chacal aux oreilles dressées, semblable à celle du dieu Anubis ! À la lueur dansante des flambeaux, les yeux de la créature brillaient d'un éclat surnaturel.

Le voleur ouvrit la bouche, mais sa terreur était telle qu'il fut incapable de crier. Les jambes tremblantes, il courut vers la sortie, la main crispée sur l'amulette qu'il portait au cou, sans se soucier du bruit qu'il faisait. Il haletait, une sueur froide coulait dans son dos ; égaré, il trébucha et entendit un projectile lui siffler aux oreilles. Il se releva et reprit sa course éperdue jusqu'au Nil, sauta dans sa barque et pagaya comme un fou.

Quand il eut traversé le fleuve, l'homme se sentit enfin en sécurité. Il avait vu un dieu…

ou un fantôme ! Jamais plus il ne retournerait dans ces ruines maudites. Il se baissa vers le Nil et s'aspergea le visage d'eau fraîche. C'était bon… Ce qu'il lui fallait maintenant, c'était quelques gobelets de bière bien forte, dans un lieu vivant, chaleureux, où il trouverait des oreilles compatissantes pour écouter son incroyable histoire.

Abandonnant l'embarcation, il se dirigea vers le port. La taverne des *Deux Crocodiles*, voilà l'endroit idéal pour se refaire une santé !

Au même moment, dans le palais de la Malqatta, l'homme sombre enlevait son masque de bois aux yeux de verre et se retournait, furieux, vers une silhouette cachée dans l'obscurité.

– Tu l'as manqué, Sénab ! Cet imbécile nous a vus.

Un petit homme maigre s'avança.

– Je suis désolé, Maître. J'y voyais mal…

– Heureusement que j'avais pris mes précautions. Et cela vaut peut-être mieux ainsi, dit l'homme sombre avec un sourire. Grâce à ce masque, demain, toute la racaille de Thèbes croira qu'il y a un fantôme dans le palais… Et nous, nous serons tranquilles !

Il se pencha au-dessus d'une trappe et Sénab l'éclaira de sa torche. Dans une cavité du sol se trouvaient des merveilles : des statues de dieux en or et en argent, des colliers de jaspe et de turquoise, des coupes d'albâtre et des lingots précieux.

– Regarde, Sénab. L'or des morts…

Sénab contempla avidement le butin ; il en connaissait chaque pièce, mais il ne se lassait jamais d'admirer les joyaux entassés dans la cachette.

– Vois ces trésors ! Ils étaient enterrés depuis des siècles tout près d'ici, à portée de main, dans la vallée des Reines[1] et la vallée

1 Vallon désertique proche de la vallée des Rois, dans lequel étaient enterrés les reines du Nouvel Empire, les enfants royaux et certains hauts personnages.

des Rois. Et maintenant, ils sont à moi, à nous !

L'inquiétant personnage étendit le bras en direction de l'ouest.

– Et ce n'est que le début, Sénab. Je percerai le secret des tombes, une par une, j'arracherai cet or des entrailles de la terre où des rois orgueilleux ont voulu l'enfouir pour l'éternité !

– Maître Djedi, sois prudent ! Des châtiments terribles sont réservés aux pilleurs de tombes, et nous ne pourrons pas défier les dieux indéfiniment…

L'homme sombre se tourna vers son complice.

– Aurais-tu peur ?

– Non, Maître ! Bien sûr que non…

Djedi referma le panneau de la trappe ; la chaude lumière de l'or disparut et les ténèbres recouvrirent à nouveau les ruines du palais. Les deux hommes se dirigèrent vers la sortie. La lueur de la torche révélait les ombres tremblantes des piliers. On devinait parfois, sur les murs abîmés, les contours effrayants de l'image d'un dieu.

Hori était consterné. Sa première journée de stage ne ressemblait pas du tout à ce qu'il avait imaginé…

Des bœufs… Des bœufs à perte de vue ! Des taureaux aux belles cornes, des vaches pleines traînant leur ventre déformé, de jeunes veaux menés par le bouvier[1], des têtes brunes, noires à taches blanches… Des centaines de bêtes appartenant au temple d'Amon, portant toutes la marque du dieu imprimée au fer rouge sur l'épaule droite. Des troupeaux entiers défilaient devant les scribes inspecteurs chargés de les dénombrer, installés sur une estrade qui ne les protégeait ni du vacarme, ni des mouches attirées par les bouses, ni des nuages de poussière !

1 Gardien d'un troupeau de vaches.

L'oncle d'Hori, Ithou, travaillait pour les inspecteurs du bétail d'Amon, et la première mission du garçon consistait à compter les bêtes d'un troupeau appartenant au domaine du dieu.

Assis en tailleur sur l'estrade, un calame glissé derrière l'oreille, Hori comptait et recomptait les vaches, notant tout à l'encre noire sur un papyrus posé sur ses genoux. Au milieu des meuglements, il entendait parfois son oncle discuter âprement avec l'un des fermiers. Si c'était ça le travail de scribe, son apprentissage menaçait d'être aussi ennuyeux que l'étude des formules de politesse à l'école de la maison de Vie !

L'adolescent était en train de tremper son calame dans l'encre quand une boule de poils gris-vert lui sauta sur les épaules. Déséquilibré, il lâcha son matériel. Un petit singe vert, tout jeune, une boucle d'or à une oreille, sautillait devant lui d'un air narquois.

– Didi ! Viens ici !

Rouge de confusion et de colère, un garçon

se dirigeait vers l'estrade, un coffret de scribe accroché à l'épaule par un lien de cuir. Il était un peu plus grand qu'Hori, bien bâti, et il portait un superbe pagne plissé. À sa main, une laisse de cuir attendait son propriétaire.

– Je suis désolé que mon singe ait renversé ta palette, dit le garçon.

– Cet animal est à toi ? s'étonna Hori.

– Oui, mes parents me l'ont offert quand j'ai réussi mon examen de scribe.

– C'est un présent magnifique !

– Un cadeau empoisonné, oui ! Il est à moitié dressé et n'en fait qu'à sa tête…

Le jeune scribe sourit, dévoilant des dents écartées.

– Au fait, je ne me suis pas présenté ! Je m'appelle Ahmosé, je suis en apprentissage à Karnak depuis deux mois. Et toi ?

– Je m'appelle Hori ! Et c'est mon premier jour de travail ici.

– Je ne t'ai jamais croisé à la maison de Vie de Karnak. Tu as fait tes études à Thèbes ?

– Non, dit Hori. J'étais à l'école de mon

village, à Iounou, au nord. Je suis ici pour terminer ma formation, et je loge chez mon oncle Ithou.

– Ah, je vois… répondit Ahmosé, un peu dédaigneux.

Visiblement, le garçon n'avait pas beaucoup d'estime pour les écoles de campagne.

Pendant que les deux apprentis discutaient, le petit singe s'était assis et frappait l'une contre l'autre deux tablettes de calcaire dont Hori se servait comme brouillon. Le papyrus coûtait cher et le calcaire, très tendre, était un support pratique pour écrire. Didi, très occupé par ce nouveau jeu, ne vit pas Hori qui s'approchait.

– Je le tiens !

– Merci ! dit Ahmosé.

Le garçon prit l'animal par la peau du dos, lui attacha prestement sa laisse et le jucha sur son épaule.

– C'est l'heure de la pause. Tu viens avec moi ? On va se dégourdir les jambes. L'odeur de ces bestiaux me soulève le cœur…

– Volontiers ! répondit Hori. Il y a toujours autant de bétail à compter ?

– Presque. Mais ne te plains pas : c'est plutôt facile de compter les vaches. Attends de voir les moutons !

– Pourquoi ?

– Les vaches ont chacune un signe particulier : une tache, la forme d'une corne... Mais les moutons – par tous les démons ! –, ils se ressemblent tous ! et ils bougent tout le temps ! Et avec les oies, c'est encore pire !

Ahmosé éclata de rire devant l'air découragé de son nouveau compagnon :

– Allez, ne t'inquiète pas. On a du temps devant nous. Je vais te montrer des choses bien plus intéressantes que ces bêtes à cornes ! On va visiter le temple...

CHAPITRE III

Ahmosé se présenta avec une belle assurance devant la porte est du temple de Karnak, flanquée de deux obélisques fichés sur des socles de granit rouge. Une foule de fidèles se pressait devant un petit édifice pour y déposer des tablettes décorées de peintures étranges représentant des oreilles colorées.

– Ici, c'est le « temple d'Amon qui écoute les prières », construit par le grand pharaon Ramsès II, expliqua Ahmosé, fier de montrer ses connaissances. C'est le seul lieu sacré de Karnak qui ne soit pas réservé aux prêtres et aux initiés[1]. Les gens qui ont quelque chose

1 Ceux qui sont instruits des mystères, qui ont étudié les textes sacrés réservés à une élite.

à demander à Amon apportent ces tablettes qui transmettent leur prière directement à l'oreille du dieu.

Hori contourna le petit monument et découvrit l'immensité du domaine de Karnak. Depuis des siècles, chaque pharaon avait le devoir d'embellir le site : sanctuaires et pylônes se succédaient dans un gigantesque chantier en perpétuelle évolution. Hori savait tout cela, mais la réalité était encore plus impressionnante qu'il ne l'avait imaginée.

– C'est magnifique, n'est-ce pas ? dit Ahmosé. Je parie que tu n'as jamais rien vu de pareil.

– En effet...

Les garçons passèrent devant un chantier où des ouvriers s'affairaient à décharger des blocs de pierre près d'une allée de sphinx à tête de bélier.

– On construit toujours quelque chose à Karnak, ajouta Ahmosé. Le temple est riche : il possède des milliers de têtes de bétail, des champs et même des bateaux. Dans la province de Thèbes, des villages entiers travaillent pour Amon…

Ahmosé emmena ensuite Hori dans de magnifiques jardins. Il lui montra les lacs sacrés, dans lesquels les prêtres venaient se purifier, et les pylônes, ces tours monumentales en forme de trapèze décorées de scènes colorées. Sur l'un d'eux, Pharaon, une arme à la main, s'apprêtait à frapper des ennemis à terre, sous le regard d'Amon, symbolisé par un homme à peau bleue. Et partout, de gigantesques statues aux couleurs vives représentaient Pharaon, dieu vivant pour l'éternité. Hori était ébloui.

Les garçons s'approchèrent d'un temple aux murs couverts de hiéroglyphes :

– Voyons un peu ce que tu as appris dans ton école de campagne, proposa Ahmosé, malicieux. Tu saurais déchiffrer ces hiéroglyphes ?

C'en était trop pour Hori.

– Écoute-moi, Ahmosé ! C'est très gentil à toi de me faire découvrir Karnak, mais si tu as l'intention de te moquer de moi en permanence, je préfère continuer tout seul ! explosa l'adolescent.

– Mais non, balbutia Ahmosé confus. Pas du tout. Je ne cherchais pas à être désagréable, je plaisantais, c'est tout !

Hori regarda son camarade qui le dépassait d'une demi-tête. Il avait l'air horriblement gêné.

– Bon, n'en parlons plus. Mais… où est passé ton singe ?

– Didi ! s'écria Ahmosé. Il a réussi à ôter lui-même sa laisse ! Pourvu qu'il ne se soit pas perdu.

Affolé, l'apprenti scribe parcourut du regard le dédale de temples et de statues qui les entourait. Il découvrit Didi, perché tout en haut d'un palmier. Au bas de l'arbre, une jeune fille avait repéré le petit animal et lui parlait doucement. Ahmosé s'approcha et cria :

– Didi, descends tout de suite !

– Oh ! dit la jeune fille, il est à toi ? Il est vraiment trop mignon !

L'adolescente regardait le singe d'un air extasié. Elle était simplement vêtue d'une tunique blanche et portait un pendentif de céramique bleue. Ses cheveux noirs dénoués lui arrivaient aux épaules.

– C'est un singe vert, dit Ahmosé avec orgueil. Il vient de Nubie.

– Il est adorable ! Je peux tenter de l'attraper ? demanda la jeune fille. Sauf si cela te semble inconvenant…

– Tu peux toujours essayer ! répondit Ahmosé en adressant à Hori un sourire entendu.

Elle s'approcha du palmier et émit de petits claquements de langue. Didi lui sauta dans les bras ; elle lui gratta le dessus de la tête… L'animal ferma les yeux, ravi.

Ahmosé était stupéfait :

– C'est bien la première fois que Didi se laisse caresser par un inconnu !

– J'adore les animaux, expliqua l'adolescente, et en général ils le sentent bien ! Je suis venue faire mes dévotions au temple… Et vous, vous êtes des lettrés, n'est-ce pas ?

– Nous sommes des scribes, en effet, confirma Ahmosé.

– Enfin, des apprentis… corrigea Hori.

La jeune fille sembla soudain mal à l'aise et cessa de caresser Didi.

– Pouvons-nous faire quelque chose pour toi ? questionna Hori en souriant.

– C'est que… Je ne sais pas comment le dire. Je voulais confier ma requête au dieu Amon mais… je pourrais aussi bien vous en parler.

– Expose-nous ton souci !

L'adolescente regarda l'apprenti scribe, et celui-ci lut dans ses beaux yeux verts une grande détresse.

– Vous qui êtes instruits… Croyez-vous qu'un dieu puisse offrir des bijoux ?

Ahmosé éclata de rire. Vexée, la jeune fille allait s'éloigner, quand Hori la rattrapa :

– Ne te sauve pas… Ahmosé ne voulait pas te fâcher. Assieds-toi avec nous et explique-nous le sens de ton étrange question.

– Je m'appelle Tamit, dit-elle en lançant un regard furieux à Ahmosé. Je vis seule avec ma mère Mérit dans le quartier du port. Elle travaille à la taverne des *Deux Crocodiles* et je l'aide à l'occasion. Nous avions une statue du dieu Bès chez nous, comme tout le monde. Le dieu nous protégeait, et maman lui offrait des fleurs et de la nourriture tous les jours. J'aimais bien cette statue, même si Bès était laid et tirait la langue ; il ne me faisait pas peur. Mais la semaine dernière…

– Qu'est-ce qui s'est passé ? demanda Ahmosé, de plus en plus intéressé par ce récit.

– Je jouais devant chez nous avec Siffleuse, notre oie gardienne. Elle est très forte et elle pince les mollets des intrus. Tout à coup, elle est entrée dans la maison en battant des ailes, et elle a cassé la statue du dieu !

– Quel malheur, murmura Hori.

Si une chose pareille lui était arrivée, ses parents auraient été effondrés.

– Je ne savais pas comment annoncer la catastrophe à ma mère. J'ai ramassé les morceaux du dieu, et c'est là que j'ai vu le bijou…

– Quel bijou ?

– Au milieu des débris de poterie, il y avait un bijou précieux, brillant… Comme la pointe des obélisques, là !

– De l'or ? s'étonna Hori. Le métal des dieux ?

– Et aussi une pierre verte magnifique ! précisa Tamit. Quand maman est rentrée, au lieu de se mettre en colère, elle était ravie. Elle est persuadée que le dieu nous offre cette amulette pour nous protéger. Mais moi, je n'en suis pas sûre. Je suis venue ici pour prier, puis j'ai vu le petit singe et vous êtes arrivés…

Tamit baissa la tête et rougit un peu.

– Quand j'ai compris que vous étiez des scribes, j'ai pensé qu'Amon vous envoyait pour m'aider.

La jeune fille les regarda, embarrassée. Les garçons se taisaient, émus par la confiance qu'elle leur accordait. Puis Hori rompit le silence :

– Tu peux nous montrer le bijou ?

– Bien sûr ! Je n'ai pas osé le garder sur moi, mais vous pouvez m'accompagner à la maison…

La maison de Tamit se trouvait près du débarcadère public de Thèbes, dans le quartier du port. Devant la porte, une oie énorme montait la garde, le cou tendu et les ailes déployées. La présence de Didi sur l'épaule d'Ahmosé semblait lui déplaire tout particulièrement. Quant au petit singe, il s'accrochait en tremblant au cou de son maître.

– Siffleuse ! Calme-toi… Ce sont des amis.

L'oie recula en sifflant.

– Ne touche pas à mes mollets, toi ! prévint Ahmosé en longeant le mur.

Dans la petite pièce, très propre et soigneusement rangée, Hori vit une niche vide dans la cloison : c'était sûrement la place de la statue du dieu.

Tamit souleva une natte de roseaux tressés qui servait de tapis ; l'amulette était cachée dessous, dans un trou creusé à même le sol de terre battue. Hori prit l'objet dans ses mains.

– Ahmosé ! Regarde cette merveille…

Le pendentif, fait d'une plaque d'or ouvragé, portait en son centre un magnifique scarabée de pierre verte. Un scarabée, symbole de renaissance… Agenouillées de chaque côté de l'insecte, deux déesses d'or finement ciselées levaient les mains en signe de respect.

– Ce sont les déesses Isis et Néphtys, murmura Hori d'une voix étranglée par l'émotion. Sur l'envers du bijou, il y a une inscription gravée sur le ventre du scarabée : « Ô mon cœur, ne te lève pas contre moi comme témoin, ne m'accuse pas devant le tribunal des dieux. » C'est un scarabée du cœur, Tamit !

– Qu'est-ce que ça veut dire ? demanda la jeune fille.

– C'est une amulette qui implore l'indulgence des dieux au jour du jugement. Le prêtre la pose sur la momie, à la place du cœur, avant de fermer les sarcophages[1]. Mais regarde, Ahmosé, là, sur le dessus du scarabée…

– Par Seth et tous les démons ! Ce bijou a été martelé, on a effacé le nom de la momie qu'il devait protéger.

– Tu avais raison, Tamit, dit Hori. L'amulette n'est pas un cadeau du dieu. Elle a été volée, et les coupables ont effacé le nom de son propriétaire.

L'adolescente porta les mains à sa bouche, effrayée.

– C'est sûrement un bijou royal, dérobé

1 Grand coffre de forme humaine dans lequel on plaçait la momie. Si le mort était riche, plusieurs sarcophages de bois étaient emboîtés les uns dans les autres, chacun peint à l'effigie du défunt.

dans une tombe ! Tu dois absolument aller voir un policier et le lui montrer.

– Non ! s'emporta Tamit, il n'en est pas question !

– Ne sois pas stupide ! s'énerva Ahmosé. Si cette pièce vient d'un sarcophage pillé, elle ne peut t'attirer que des ennuis. Profaner une sépulture est un grand crime ! Ta mère sera sûrement d'accord pour s'en séparer et éviter la vengeance des dieux.

– Stupide ? Tu ne comprends rien ! cria la jeune fille. Ma mère travaille dans une taverne ; elle fréquente des marins et des hommes dont on ne connaît même pas le métier… Si elle dit qu'elle a trouvé un bijou de cette valeur dans une statue de Bès, qui la croira ?

Tamit s'assit sur la banquette de brique et se mit à sangloter. Hori lui passa un bras autour des épaules.

– Tu as raison, bien sûr…

Il se tourna vers Ahmosé :

– Les policiers ne croiront jamais une histoire pareille. Sa mère risque de passer pour folle ou, pire, d'être accusée de complicité de vol !

Tamit leva vers Hori des yeux pleins d'espoir.

– Vous allez m'aider, n'est-ce pas ? Vous ne laisserez pas ma mère avoir des ennuis avec la police. Que deviendrait-elle ? Et moi ?

Hori se redressa.

– Tu peux compter sur nous, Tamit. Il faut rétablir la justice. Nous découvrirons d'où vient ce bijou. Tu es d'accord, Ahmosé ?

Celui-ci regarda Hori, perplexe. Ce garçon imprévisible lui plaisait de plus en plus, mais le fréquenter n'était pas de tout repos ! Il sourit.

– Évidemment ! Ce sera plus amusant que de compter les bœufs…

Les adolescents éclatèrent de rire. Quand Hori quitta la maison de Tamit, il avait le cœur joyeux : il n'était à Thèbes que depuis la veille et il avait déjà découvert une énigme qui promettait d'être passionnante. Et peut-être, ce qui était encore plus précieux, deux amis…

Après leur journée de travail, Hori et Ahmosé allèrent se promener sur les quais pour discuter de l'amulette mystérieuse.

– Pas question de parler de cette histoire à mon oncle ! Il irait tout raconter au chef de la police.

– Si ce bijou a été volé dans une tombe, pourquoi était-il caché dans une statue du dieu Bès ?

– Je n'en ai aucune idée… Tamit nous a dit que cette statue avait été offerte à sa mère, mais elle ignore par qui. Au fait, Ahmosé, tu n'as rien remarqué de particulier ? Les morceaux de la statue… Je suis sûr qu'ils avaient quelque chose de bizarre.

Son ami s'esclaffa :

– Bès est toujours bizarre : c'est un nain, il est laid, il danse et il tire la langue. Cette statue-là était peut-être plus laide que d'habitude ?

– La langue ! C'est ça ! J'ai aperçu un morceau de la tête, et la langue était bleue. C'est curieux… Écoute, demain avant le travail, voilà ce que je ferai…

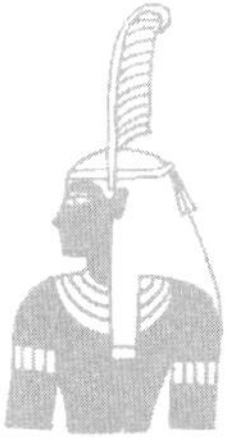

CHAPITRE IV

La vieille servante d'Ithou écarquilla les yeux, étonnée.

– Tu veux aller au marché avec moi, toi, un lettré ?

Hori se sentit rougir jusqu'aux oreilles.

– C'est que… J'aime beaucoup ça. On y voit des choses extraordinaires, des marchandises venues du sud, des animaux… Et je pourrai t'aider à porter ton panier.

La vieille éclata de rire.

– Tu as beau être instruit, tu n'es qu'un gamin comme les autres. Ne le prends pas mal, s'écria-t-elle alors que le garçon se dressait. Tu es curieux, c'est bien ; pas comme certains qui se donnent des airs importants et se prennent pour le vizir[1]...

Hori avait toujours adoré fréquenter les marchés. Petit, il aimait y accompagner sa mère ; il transportait les toiles de lin tissées à la maison, ainsi que les sandales de cuir et de papyrus fabriquées par son père, pour les échanger contre du poisson et des fruits frais.

À Thèbes, les marchés étaient un vrai spectacle ! Des Nubiens[2] à la peau sombre troquaient des fruits étranges contre des bijoux de cuivre, des Libyens cédaient des toiles de tentes contre des œufs d'autruche... Pour quelques *dében*[3] de sucreries, des enfants vendaient des fleurs de lotus, ramassées le matin, destinées à faire des offrandes ou à décorer les maisons. L'air sentait les épices, le poisson séché et le canard grillé.

---

1 Premier ministre de l'Égypte, il s'occupait entre autres de rendre la justice.
2 La Nubie est une région située au sud de l'Égypte et au nord du Soudan actuels.
3 La monnaie n'existait pas à cette époque en Égypte ; le *dében* était une unité de poids qui servait de base aux échanges et au troc. Exemple : cette tunique coûte deux *dében* de cuivre.

Hori abandonna la vieille servante devant un étal de pastèques ; il eut vite fait de repérer ce qu'il cherchait. Un peu à l'écart des autres commerces, un marchand bedonnant vendait des statuettes protectrices du dieu Bès et de la déesse hippopotame Taouret. Hori resta à bonne distance et fit semblant d'examiner un jeu de *sénet*[1] en bois sculpté.

Un homme âgé s'était approché et demandait timidement au vendeur :

– Ma belle-fille va bientôt accoucher... Elle a besoin de la protection de la déesse Taouret. J'ai de superbes figues séchées dans mon panier : je te les donne contre une statue de la déesse !

– Tu te moques de moi, vieux fou ! répondit l'autre avec mépris. Regarde comme cette statue est travaillée ! Vois comme le potier a soigné les détails, la tête d'hippopotame, le gros ventre... Et toi, tu voudrais me l'échanger contre un panier de figues ? C'est

---

1 Le *sénet* se joue sur un damier, avec des pions que l'on fait avancer après avoir lancé des dés.

une plaisanterie ! Apporte-moi un canard bien gras, et peut-être Taouret viendra-t-elle bénir ta maison !

Le vieillard leva les bras au ciel et commença à se lamenter. Hori se mêla à la foule qui s'intéressait au spectacle. Il s'amusait franchement. L'arrivée d'un policier accompagné d'un énorme babouin[1] apprivoisé calma rapidement les esprits.

Quand la foule fut dispersée, Hori s'approcha de l'éventaire. Il put examiner à loisir les statues de Bès. Sur la table pliante du marchand, à côté de quelques déesses hippopotames, s'alignaient plusieurs rangées de nains difformes en poterie vernissée grimaçant et tirant la langue. Des dizaines de langues, toutes rouges…

Hori se décida à questionner le vendeur :

– Aurais-tu des statues de Bès avec une langue bleue ?

---

1 Les babouins étaient utilisés par la police dans les grandes villes. Leurs dents redoutables faisaient d'eux de précieux alliés des services de l'ordre.

Le gros homme ouvrit des yeux ronds.

– Une langue bleue ? De toute mon existence, je n'ai jamais vu ça, mon garçon…

Hori tourna les talons, découragé. Sa visite au marché ne lui avait rien appris d'intéressant. Aussi fut-ce sans enthousiasme qu'il rejoignit Ahmosé.

– Alors ? demanda celui-ci, impatient. Raconte-moi ce que tu as découvert !

– Pas grand-chose, soupira Hori. Les statues de Bès exposées avaient toutes une langue rouge, comme d'habitude.

Dépités, les deux amis se dirigèrent vers un bâtiment proche du temple où les attendaient les scribes inspecteurs du bétail : une nouvelle journée de travail commençait, il leur fallait remettre leur enquête à plus tard.

Une fois de plus, Pouer, le directeur du bétail des temples de l'ouest, avait peu dormi. Bien sûr, s'occuper des troupeaux d'Amon sur la rive ouest était une charge écrasante, mais ses responsabilités n'expliquaient pas tout. Son mal de tête ne lui laissait aucun répit. Un démon s'était sûrement introduit dans son crâne par les yeux, c'était là qu'il souffrait le plus...

Pouer se leva d'un pas lourd. Déjà, il sentait le sang lui battre les tempes. Une servante attendait son réveil dans la salle de toilette, une cruche d'eau parfumée à la main. Après une douche rapide, il rejoignit Menat, son épouse, dans le salon privé où elle prenait sa collation du matin. Assise sur une banquette couverte de coussins de plume, la dame, d'humeur radieuse, croquait à belles dents un gâteau fourré aux dattes.

– Tu parais fatigué... As-tu encore mal dormi ? questionna Menat.

– Cette migraine ne me quitte pas ! Et l'onguent préparé par notre médecin ne me soulage plus.

– Le baume à base de graisse d'âne et de graines de coriandre pilées ? s'étonna sa femme.

Il est pourtant très efficace. J'ai une idée : j'ai entendu parler d'un mage extraordinaire. Toutes mes amies l'ont consulté. Il paraît qu'il guérit par simple imposition des mains.

– Sûrement un charlatan, comme ce soi-disant prêtre d'Isis qui t'a vendu un remède miracle la saison dernière pour effacer les cheveux blancs…

Menat rougit et baissa les yeux. Elle avait acheté « l'onguent capillaire de la déesse Isis » à prix d'or et ses cheveux, après le traitement, étaient tombés par poignées. La pommade contenait pourtant de la graisse de lion, d'hippopotame, de bouquetin et de l'huile de genévrier, réputées miraculeuses pour la beauté de la chevelure… Quel gâchis !

– Non, cet homme est différent, j'en suis sûre ! D'ailleurs, ton ami le scribe des greniers l'a consulté, et ce mage a soigné ses douleurs aux jambes. C'est sa cousine qui me l'a dit…

Pouer leva les sourcils, intéressé ; son vieil ami souffrait de rhumatismes depuis des années. Si ce guérisseur avait pu le soulager, c'est qu'il avait un certain talent. Pourquoi ne pas essayer après tout ?

– Alors, tu veux bien le recevoir ?

– Soit… Et quel est le nom de cet homme prodigieux ?

– Le mage Djedi.

Deux heures plus tard, Djedi, vêtu de son manteau couleur de nuit, se présenta devant le porche de la luxueuse villa du directeur du bétail. Ses talents de magnétiseur, son allure mystérieuse et sa personnalité hors du commun avaient très vite séduit les dames de la bonne société thébaine, qui ne pouvaient plus se passer de ses consultations ni de ses conseils. Comment rêver d'une meilleure couverture pour approcher les hauts dignitaires de la ville, découvrir leurs faiblesses et en tirer parti ?

Le portier de la villa, impressionné par l'étrange visiteur, fit entrer le mage dans la pièce de réception aux colonnes décorées de lotus et de canards finement dessinés. Pouer l'attendait, assis sur une estrade. Djedi nota son air épuisé, ses joues rougies par une nourriture trop riche et son début d'embonpoint. Manipuler cet homme lui serait facile.

– Laisse-moi t'examiner.

De ses longues mains, il palpa le crâne douloureux du fonctionnaire.

– Je vois… Tu dors mal, tu te réveilles avec la bouche sèche… Les vêtements te pèsent et la lumière de Rê à son lever t'irrite les yeux.

Pouer regarda Djedi, ébahi.

– Mais comment le sais-tu ?

– Ne parle pas, coupa le mage. Assieds-toi, ferme les paupières et ne pense plus à rien…

Subjugué, Pouer s'exécuta tandis que Djedi posait ses mains fraîches sur le front du malade en murmurant des paroles dans une langue mystérieuse. Les yeux clos, il se sentait déjà mieux ; son épouse Menat avait raison, cet homme était extraordinaire !

CHAPITRE V

Le lendemain, les plus folles rumeurs couraient dans Thèbes... Certains prétendaient que le fantôme du grand pharaon Aménophis était apparu à un pêcheur. D'autres savaient de source sûre que le dieu Osiris lui-même s'était matérialisé pour annoncer une mauvaise crue[1]. Mais les mieux informés, les habitués de la taverne des *Deux Crocodiles*, affirmaient que Nakht le voleur avait aperçu un dieu à tête de chacal près des ruines du vieux palais de Malqatta, sur la rive ouest...

Le soir, Ithou rentra chez lui exténué.

1 Chaque année, à partir du mois de juin, le Nil déborde, inondant largement ses rives. En se retirant, il laisse une terre fertile : le limon.

– Qu'on ne me parle plus de fantômes ou de statues qui bougent ! Les gens du peuple jacassent comme des oies. À tel point que le deuxième prophète[1] d'Amon en personne a pris une décision : demain, pour calmer les esprits, les prêtres célébreront un rituel d'apaisement des dieux dans le temple de Karnak. Bien qu'à mon avis, cette histoire de revenant ne soit qu'un racontar de poissonnière ! En plus de cela, des scribes enquêteurs traverseront le Nil pour se faire une opinion.

– Tu y seras, oncle Ithou ?

– Non, Hori, j'ai trop de travail demain… Mais tu iras, toi ! Ce sera l'occasion de découvrir la rive des morts et d'assister à une enquête. Et tu verras le grand chantier !

– Quel chantier, mon oncle ?

Celui-ci soupira et leva les yeux au ciel.

– Il était temps que je te sorte de ton

1 Mot grec utilisé pour désigner les prêtres égyptiens, en particulier leurs chefs.

village, mon neveu ! Ignores-tu que notre pharaon Ramsès III se fait construire un temple funéraire et un palais sur la rive ouest ? Voilà plus de trois ans que des centaines d'ouvriers bâtissent ce sanctuaire.

Hori bondit et prit la main d'Ithou.

– Je ne savais pas… Merci, mon oncle ! Je te promets de travailler deux fois plus à mon retour !

– Ne me remercie pas ! lança Ithou d'un air bourru. J'en profite pour te confier une mission : après avoir assisté à l'enquête, tu iras chez le fermier Ptahmès. Il s'occupe d'un troupeau de bœufs appartenant à Amon, sur l'autre rive, et huit de ses bêtes sont malades. Tu t'assureras que le vétérinaire a bien été consulté. Ahmosé t'aidera, il a plus d'expérience que toi dans ce domaine.

– Tout ce que tu voudras, Maître !

– Et maintenant, va dormir, mon garçon ; il est tard. Ah ! Hori…

– Oui, mon oncle ?

– Demain, sors ton plus beau pagne et n'oublie pas de mettre une perruque ! Je sais que tu n'aimes pas ça, mais tu dois faire honneur aux scribes que tu accompagnes.

Hori sortit d'un pas léger de la salle de réception pour regagner sa chambre. Assis sur un tabouret de bois sculpté, Ithou le regarda s'éloigner en souriant. Son neveu était jeune, fougueux, mais avec le temps, il ferait un bon scribe. Et puisque les dieux ne lui avaient pas donné de fils, c'est Hori, l'enfant de sa sœur, qui lui succéderait un jour. Que pourrait-il rêver de mieux que travailler pour les troupeaux d'Amon sa vie durant ?

Le lendemain, Hori se réveilla à l'aube. Il sauta de son lit de bois, se débarbouilla en hâte, ajusta une perruque courte et enfila le pagne de cérémonie tissé par sa mère dans le lin le plus fin. Incapable de manger le pain d'orge et les figues qu'une servante avait préparés à son intention, il traversa la grande maison encore silencieuse et se dirigea vers le temple de Karnak.

Près du débarcadère, il retrouva Ahmosé et la délégation de scribes enquêteurs chargée d'élucider cette mystérieuse histoire de fantôme. L'air était frais et vif, on n'entendait que le chant des oiseaux qui vivaient en paix dans les jardins. En silence, les garçons parcoururent l'allée bordée de sphinx et arrivèrent au fleuve. À cette heure, le spectacle était de toute beauté : au-delà du Nil, la montagne était voilée de brume, et les silhouettes imposantes des temples funéraires émergeaient à peine de l'obscurité.

Parvenue sur l'autre rive, la délégation se dirigea vers les ruines du palais de Malqatta, là où la rumeur prétendait que le fantôme était apparu. En marchant, Hori regardait la Cime, la montagne de Thèbes. C'était là, dans la vallée sacrée protégée par la déesse cobra, que se cachaient les tombes des pharaons. Là que peut-être, un groupe de voleurs avait trouvé le scarabée, profanant une sépulture royale pour dérober l'or des sarcophages, les bijoux et les objets précieux qui devaient accompagner le mort pour l'éternité.

Comme tous les Égyptiens instruits, Hori connaissait le sens des rites d'embaumement[1] ; il avait même lu certains des textes sacrés qui permettaient au mort de franchir les épreuves qui l'attendaient dans l'au-delà. Il savait aussi que des pillards, poussés par la misère ou par l'appât du gain, étaient attirés par les prodigieuses richesses entreposées dans les tombes et réussissaient à en découvrir l'emplacement secret…

– Hori, tu rêves ? demanda Ahmosé.

– Je pensais au scarabée volé… Est-ce que tu t'es déjà approché de la vallée des Rois ou de la vallée des Reines ?

– Non, mais j'ai souvent accompagné mon père dans la tombe de notre famille,

---

1 Momification, préparation du corps pour sa conservation. On enlevait les entrailles, on desséchait les chairs avec un sel spécial, le natron, puis on entourait la momie de bandelettes.

tout près d'ici, pour prier et apporter des offrandes.

– Ta famille a une tombe ici ? s'étonna Hori.

– Oui, mon père est un riche marchand de Thèbes. Le père de mon père l'était aussi, et il a acheté une belle sépulture.

Hori garda le silence ; il pensait au petit tombeau de sa famille, à la sortie du village… La tombe était bien entretenue, ses parents y déposaient régulièrement des offrandes et des fleurs, mais ce n'était qu'un modeste édifice. Même s'il commençait à mieux connaître Ahmosé et à l'apprécier, leurs différences sociales ne cessaient de le gêner. Heureusement, pensa le garçon, leur amitié surmonterait tout cela, il fallait juste un peu de temps.

Enfin le groupe parvint près des ruines de Malqatta. Les enquêteurs examinèrent attentivement les lieux, mais le vieux palais était immense et il était impossible de tout passer en revue. Hori et Ahmosé, leur coffret de scribe accroché à l'épaule, suivirent les fonctionnaires dans les décombres, prêts à prendre des notes si l'on avait besoin d'eux. Après un long temps de recherche, le responsable de l'enquête dicta ses conclusions aux deux apprentis, qui s'assirent à même le sol et s'appliquèrent à tout écrire sur leurs tablettes.

Non loin du palais se trouvaient des temples, gardés jour et nuit par des soldats armés. Peut-être ces hommes avaient-ils remarqué quelque chose d'anormal ce soir-là ? Les scribes les interrogèrent, mais les gardes n'avaient rien à leur apprendre : la nuit avait été calme, aucun fantôme n'était apparu, nul phénomène mystérieux ne les avait troublés.

Quand l'enquête fut terminée, les scribes furent reçus dans l'un des temples les plus proches pour prendre un peu de repos et se mettre à l'abri du soleil. Les deux garçons les quittèrent pour s'occuper de la mission que leur avait confiée Ithou.

En se dirigeant vers le village du fermier Ptahmès, ils passèrent devant l'immense chantier du temple de Pharaon. Les premiers murs du sanctuaire brillaient sous le soleil du matin. Depuis le canal, des équipes d'ouvriers se relayaient jusqu'au chantier pour acheminer des blocs de granit, transportés par bateau. Les énormes pierres étaient installées sur des traîneaux de bois tirés par des dizaines d'ouvriers. Agrippés à une grosse corde, les hommes peinaient.

Ahmosé sourit :

– Hori, tu te souviens de « l'enseignement de Chéty » qu'on apprenait à la maison de Vie ? « Misérable est le maçon, ses reins sont douloureux à force de travail. » En voilà un bel exemple, non ?

– Oui… Cette tâche doit être épuisante ! Mais quel bonheur de construire d'aussi belles choses !

– N'empêche, continua Ahmosé, nous, les scribes, nous avons une mission bien plus intéressante et plus agréable que ces malheureux ouvriers !

Hori se raidit.

– L'Égypte a besoin d'artisans et d'ouvriers autant que de scribes ! Mon père est cordonnier, Ahmosé. Vas-tu me mépriser pour cela, toi qui es le fils d'un riche marchand ?

– Bien sûr que non, s'écria Ahmosé. Je ne voulais pas te blesser, Hori ! Excuse-moi…

Ahmosé baissa les yeux, gêné. Hori continua à marcher quelques instants sans prononcer un mot. Étonné par son silence, Didi lui sauta sur l'épaule et se mit à lui gratter les oreilles de manière si drôle, que bientôt les deux garçons furent pris d'un irrésistible fou rire. Et c'est dans la bonne humeur retrouvée qu'ils arrivèrent au village du fermier.

Quelques heures plus tard, fourbus et imprégnés d'une odeur de fumier, Ahmosé et Hori rejoignaient la délégation des enquêteurs. Les garçons s'installèrent sur des sièges pliants à pattes de gazelle. Pendant que des serviteurs leur lavaient les pieds, d'autres leur offraient de la bière filtrée et des fruits frais. Ahmosé avait du mal à retenir Didi, tout excité à la vue des coupes de grenades et de figues. Tout près d'eux, juchés sur une estrade, des scribes et des prêtres discutaient.

– Que pensez-vous de cette histoire de fantôme ? demanda l'un d'eux.

– Les temps sont troublés… répondit un vieux prophète. Les dieux sont en colère et les hommes ne respectent plus rien. Des pillards ont même osé s'attaquer à une tombe de la vallée des Reines, il y a deux mois.

Les deux amis se regardèrent ; Hori mit un doigt sur ses lèvres.

– En effet, renchérit le prêtre en baissant la voix, les policiers *medjay*[1] veillent sur la

1 Policiers recrutés à l'origine parmi une peuplade nubienne.

vallée, mais cela n'a pas suffi. On prétend même que les voleurs auraient acheté leur silence...

Un pillage de tombe ! Serait-il possible que le scarabée du cœur provienne de la vallée des Reines ? Hori essayait de saisir des bribes de conversation quand il éprouva soudain une sensation bizarre, comme si un liquide froid lui coulait dans le dos. Était-ce une nouvelle bêtise de Didi ? Le garçon se retourna mais le singe était sagement installé sur les genoux d'Ahmosé, le menton dégoulinant de jus de grenade.

Hori balaya la salle du regard : à quelques pas de l'estrade, un homme grand, mince et vêtu d'un manteau couleur de nuit l'observait fixement. L'espace d'un instant, ses yeux gris croisèrent ceux du jeune apprenti, puis il se glissa entre les piliers de la salle et disparut.

Hori se ressaisit ; le simple regard de cet homme l'avait glacé ! Était-ce un prêtre ? Un initié aux mystères d'Amon ?

– As-tu vu cet homme étrange, Ahmosé ?

Ahmosé jeta un œil distrait autour de lui.

– Quel homme, Hori ?

Déjà les scribes enquêteurs s'étaient levés, donnant le signal du départ. Hori et Ahmosé les suivirent pour traverser le Nil.

Tandis que des litières ramenaient la délégation au débarcadère, une haute silhouette sortit de l'ombre et les regarda s'éloigner. Deux apprentis scribes… L'un d'eux était-il le garçon aperçu par la magicienne dans ses visions ? Djedi serra les poings ; il avait mis des années à monter son projet criminel, il ne laisserait pas un enfant ruiner ses ambitions.

CHAPITRE VI

– Sers-moi encore de la bière, Mérit !

Le regard trouble, l'air buté, l'homme était avachi sur un banc et finissait son troisième gobelet de bière épaisse.

La serveuse des *Deux Crocodiles* soupira et s'approcha de lui avec une cruche, une passoire et un bol d'oignons frais. Elle était potelée et sa tunique de lin froissée cachait mal ses formes généreuses.

– Tu ne crois pas que tu as assez bu pour aujourd'hui, Nakht ? Oublie cette histoire et les ignorants qui se sont moqués de toi.

Nakht le voleur tapa du poing sur la table.

– Par le dieu Sobek, je te jure que je n'ai

pas rêvé ! J'ai vu là-bas un homme à tête de chacal… grand comme un obélisque et ses yeux lançaient des éclairs de feu !

Mérit s'approcha de lui et lui toucha l'épaule.

– Moi, je te crois, Nakht ! Le dieu Anubis à tête de chacal est chez lui sur la rive des morts. Pourquoi ne te serait-il pas apparu ? Moi qui te parle, j'ai vécu aussi quelque chose d'extraordinaire : le dieu Bès lui-même m'a offert un bijou ! Figure-toi que j'avais une statue…

Mérit se pencha et chuchota quelques mots à l'oreille de Nakht.

Le voleur ouvrit des yeux ronds.

Le soir venu, dès son retour à la maison, Mérit s'empressa de rapporter cette conversation à sa fille. Tamit fut consternée.

– Maman ! Pourquoi as-tu parlé à Nakht de notre amulette ?

– Et pourquoi pas ? Ce pauvre homme est la risée de la taverne depuis deux jours, avec son histoire de fantôme. J'ai pensé que ça le consolerait de savoir qu'il n'est pas le seul à vivre des événements surnaturels !

Tamit sortit de chez elle, découragée. Sa mère avait un cœur d'or, mais il était inutile d'essayer de lui expliquer les dangers qu'elle courait. Nakht n'inspirait aucune confiance à la jeune fille, elle était sûre qu'il était mêlé à des trafics plus ou moins louches. Et maintenant, il savait qu'un bijou de prix était caché chez Mérit ! Il lui fallait trouver Hori au plus vite. Lui, il saurait l'aider.

L'adolescente se dirigea d'un pas rapide vers la maison de l'oncle Ithou.

Le vieux majordome d'Ithou s'approcha d'Hori ; derrière lui, Tamit baissait les yeux, intimidée par la majesté des lieux.

– Cette personne demande à te voir.

– Tamit ! Que se passe-t-il ? Tu as l'air effrayé…

Le jeune scribe prit son amie par la main et l'emmena dans les jardins, à l'abri des oreilles indiscrètes. Il remarqua qu'elle s'était coiffée et maquillée avec soin, pour faire honneur à la maison de son oncle. Cette délicate attention le toucha profondément.

– Je voudrais que tu me conseilles. Ma mère a fait une bêtise, expliqua Tamit, gênée. Elle a parlé de l'amulette à Nakht, à la taverne !

– Qui est Nakht ?

– C'est un ancien batelier qui passe son temps à trafiquer sur les quais ou à boire. Hori, je n'ai pas confiance en lui ! Qu'allons-nous devenir s'il décide de nous voler ce bijou ? Je me moque bien de ce scarabée, mais je ne veux pas finir égorgée dans mon lit par une bande de voleurs. Notre porte n'est pas solide, et nous n'avons que Siffleuse pour nous protéger.

Tamit était au bord des larmes.

– J'ai trouvé ! s'écria Hori. Tu viens de me donner la solution. Tamit, voici ce que je te propose…

Le lendemain matin, Hori retrouva Ahmosé dans une salle proche du temple de Karnak où les apprentis poursuivaient leur formation. Avant de se mettre au travail, il dévoila ses projets à son ami.

Ahmosé posa son rouleau de papyrus, ses calames, et fixa Hori, bouche bée :

– J'espère que tu plaisantes. Tu ne penses pas sérieusement à te lancer dans cette expédition ?

– Mais c'est un très bon plan, Ahmosé ! Ainsi, Nakht perd la trace de l'amulette, et Tamit et sa mère sont en sécurité.

– Et si nous sommes pris ? Tu peux dire adieu à ton bel avenir de scribe ; et tu imagines le châtiment qui nous attend…

Hori se passa la main dans les cheveux, comme chaque fois qu'il était embarrassé.

– Nous ne serons pas pris ! De toute façon, j'ai déjà promis à Tamit de l'aider. Mais si tu crains pour ton avenir, tu peux rester ici.

Ahmosé réfléchit, soupira, puis il désigna d'un air moqueur les bras maigres d'Hori.

– Bon, je viens avec toi. Bâti comme tu l'es, tu n'y arriveras pas tout seul !

Le soir, à la nuit tombée, deux ombres se glissèrent dans le quartier du port, près du débarcadère. Un groupe de soldats ivres s'approcha, hurlant des chansons qui parlaient du goût du vin et des filles des oasis. Enveloppés dans leurs manteaux, Hori et Ahmosé se cachèrent derrière un mur en attendant le départ des ivrognes.

– Ils sont loin maintenant. Viens, Ahmosé !

– Et l'oie, Hori ? Cet animal est monstrueux… Il va faire un bruit de tous les diables !

– Tamit s'est occupée de tout. Elle a enfermé Siffleuse dans un enclos, et sa mère et elle sont à la taverne en train de travailler. Il n'y a personne dans la maison à cette heure-ci. Il faut y aller !

Les deux amis entrèrent discrètement chez Mérit. Ils poussèrent délicatement la porte et regardèrent, gênés, l'ordre parfait qui régnait dans la petite pièce. Quelques casiers de briques construits le long du mur abritaient la vaisselle de terre cuite ; les nattes de jonc et de roseau qui servaient de lit à Mérit et à Tamit étaient soigneusement roulées. Au fond, un coffre de bois peint contenait leur peu de vêtements, des peignes et des fioles de parfums.

– Allons-y ! D'abord, l'amulette, puis le reste…

Hori souleva les nattes roulées et découvrit rapidement la précieuse amulette, à l'endroit indiqué par Tamit. Il la glissa dans le sac qui ne le quittait jamais, un cadeau de son père, qui travaillait le cuir comme personne ! Puis il ouvrit le coffre de bois et éparpilla son contenu sur le sol, pendant qu'Ahmosé renversait les tabourets de bois peint. Au bout de quelques minutes de ce manège, le désordre était tel que la maison semblait avoir été pillée par des vandales.

Le lendemain matin, en entrant dans la taverne pour y croquer quelques oignons, Nakht n'en crut pas ses yeux. À la place de la ronde Mérit, une vieille femme, ridée comme une momie, un chiffon sur l'épaule et un autre sur la tête, lavait les gobelets avec une lenteur de tortue.

– Qui es-tu, grand-mère ? Où est Mérit ?

– Mérit ne travaille pas aujourd'hui, c'est moi qui la remplace. Le malheur est tombé sur elle : des voleurs ont saccagé sa maison ! Plus personne n'est en sécurité de nos jours... Pauvre femme, elle n'avait sûrement pas grand-chose à voler ! Enfin, elle n'a pas à se plaindre : elle n'était pas là, et sa fille non plus, quand les brigands sont entrés chez elle. Sinon...

La vieille se passa la main sur la gorge en un geste éloquent.

Nakht serra les poings et étouffa un juron. Décidément, la chance n'était pas de son côté. Il pouvait dire adieu à l'amulette d'or : il n'avait pas été assez rapide...

CHAPITRE VII

– Tu peux me répéter ça, Sénab ?

La voix de l'homme sombre était glaciale. Sénab déglutit et rassembla tout son courage. Nerveux, il semblait écrasé par l'impressionnante stature de son maître.

– Il manque une amulette, seigneur Djedi. Un scarabée d'or et de jaspe entouré par deux déesses.

– Quand a-t-elle disparu ? Je veux tout savoir, sinon…

– L'amulette était dans le vieux palais de Malqatta, sous la trappe, avec le reste du butin, Maître ! C'est moi-même qui suis allé la chercher là-bas. Puis elle a été cachée dans une statue de Bès à langue bleue, comme les autres bijoux volés dans les tombes. Les statues de Bès ont ensuite été chargées sur un bateau de marchandises, pour descendre le Nil jusqu'à Pi-Ramsès[1] et être vendues à nos complices, dans le delta…

– Tu en es sûr ?

Sénab se courba devant le mage et leva la main droite.

– Que j'aille aux mines si je mens, Seigneur ! La veille du départ, j'ai contrôlé moi-même l'embarquement de cette cargaison. Il ne manquait rien. Toutes les statues contenant des bijoux avaient été chargées.

– Et à Pi-Ramsès ?

Sénab hésita.

– Quand nos amis de Pi-Ramsès ont déchargé, leur scribe a pris soin de recompter la marchandise. Il manquait une statue de Bès. Elle avait disparu pendant le voyage. Cela, je ne l'ai appris que ce matin, par un messager de la capitale, Maître. Avant,

1 Capitale de l'Égypte depuis Ramsès II, située dans le delta du Nil

avec la montée de la crue, le Nil était impraticable…

– Ainsi donc, cette statue se serait volatilisée pendant le trajet en bateau ? Volée par un membre de l'équipage, peut-être ? Qui était responsable de ce convoi ?

Sénab baissa la tête ; les colères de son maître étaient toujours terribles…

– C'est Inaros, Seigneur. C'est lui qui avait recruté les marins. Faut-il l'interroger ?

Tremblant de fureur, Djedi s'approcha du petit homme :

– Inaros ignore tout de nos affaires, imbécile ! Si tu le questionnes, il niera. Et de toute manière, cet idiot a dû vendre la statue pour quelques *dében* sans en connaître la valeur… Mais il ne verra pas le soleil se lever une fois de plus. Tu m'entends ? Alors, va ! Tout de suite !

Sénab quitta la pièce, soulagé. Ainsi, c'est Inaros qui serait châtié ; et lui s'en sortait indemne. Dommage pour le marin, il commençait tout juste à l'apprécier. Mais le maître avait besoin de serviteurs irréprochables, comme lui.

Ce trafic de bijoux allait lui rapporter une fortune; la dernière tombe pillée, celle de l'épouse royale Nofret, contenait de véritables trésors. C'était de là que venait le scarabée du cœur, une très belle pièce; dommage qu'elle ait disparu avec la statue de Bès. Mais il restait encore des quantités de bijoux et d'objets précieux, cachés dans le palais abandonné de la rive des morts.

Le soir même, Inaros le marin entra dans la taverne des *Deux Crocodiles,* désireux de passer un moment agréable. Il s'assit sur un tabouret et salua Mérit en souriant. Depuis qu'il avait accepté de travailler avec Sénab, ses affaires prospéraient. Il pouvait même s'offrir de temps en temps du vin de palme, comme celui que lui versait la jeune femme pour fêter son retour à Thèbes.

– Alors, ma belle ? Tu n'as pas l'air d'aller bien. Je t'ai connue plus gaie…

Mérit posa le gobelet de vin sur la table et soupira :

– C'est du passé, tout cela, Inaros. En ce moment, les dieux ne me sont pas favorables… Il ne m'arrive que des malheurs ! Te rappelles-tu cette statue de Bès que tu m'avais offerte ? Eh bien, j'ai une oie à la maison – que les dieux la maudissent ! – et ce stupide animal a cassé la statue. Et figure-toi que…

Inaros, peu enclin à entendre les lamentations de Mérit, se leva :

– Je serais ravi d'écouter le récit de tes misères, mais mes hommes m'attendent. Adieu, Mérit. J'ai été heureux de te revoir.

Inaros sortit et se dirigea vers l'embarcadère, songeur. Dire qu'il y a quelques semaines à peine, Mérit et lui… Quelle folie ! Il se rappelait leur dernière soirée ensemble : c'était juste avant son départ pour Pi-Ramsès avec le chargement de statues que Sénab lui avait confié. Elle était venue lui faire ses adieux sur le bateau. Émis par ses larmes, il lui avait donné une de ces poteries de rien du tout, à l'image du dieu Bès, pour la consoler.

Au fait, il avait oublié d'avertir Sénab de ce… prélèvement sur la marchandise. Inaros fronça les sourcils ; ces statues n'avaient pas une grande valeur. On en trouvait, bénites ou non, dans presque toutes les maisons d'Égypte. Et pourtant, étrangement, Sénab avait l'air d'y tenir comme à la prunelle de ses yeux. Oui, décidément, il faudrait mentionner cette statuette manquante. Il ne voulait pas d'ennui avec un client qui payait si bien.

Perdu dans ses pensées, Inaros ne vit pas s'approcher l'ombre qui le suivait depuis la taverne. Quand l'homme bondit derrière lui, le poignard dressé, il était trop tard.

Le lendemain soir, en rentrant chez elle, Tamit trouva sa mère couchée sur une natte, les cheveux dénoués, en train de sangloter sans retenue.

– Maman… Qu'est-ce qui t'arrive ?

Mérit releva la tête et regarda sa fille. Les larmes avaient gâché son maquillage et tracé des traînées noires sur ses joues.

– Oh, si tu savais… quel malheur ! Inaros… on l'a repêché dans le Nil, ce matin. Mort, assassiné !

Tamit poussa un cri de frayeur ; Mérit continua de plus belle :

– On l'a tué d'un coup de couteau. Quelle horreur ! Mon pauvre Inaros, je l'aimais bien. C'est lui qui m'avait donné la statue de Bès, tu te souviens ?

– Quoi ? hurla la jeune fille. Maman, sait-on qui l'a tué ? C'est très important !

Mérit renifla :

– Non, pas encore. Depuis ce matin, des policiers interrogent tout le monde dans le quartier… Il paraît que je suis l'une des dernières à l'avoir vu vivant, tu te rends compte ? Je n'arrive pas à croire qu'il soit mort. Un homme si fort…

Tamit réfléchit : Inaros, l'homme qui avait offert la statue à l'amulette, assassiné… Cela ne pouvait pas être un hasard, l'un des voleurs avait sûrement retrouvé sa trace. La jeune fille sentait monter en elle une sourde colère ; prendre la vie de quelqu'un pour s'emparer d'un bijou, quel crime abominable ! Hori avait raison, il fallait se battre pour faire triompher Maât, la justice des dieux.

Tamit observa sa mère qui pleurait toujours, étendue sur sa couche, pitoyable et désespérée. Elle prit une serviette de lin, la trempa dans une cruche d'eau et s'agenouilla auprès d'elle. Doucement, elle lui essuya les joues, lui ôta ses bijoux et lui fit boire un peu d'eau. Bientôt, la main dans celle de sa fille, Mérit s'apaisa et s'endormit.

Tamit soupira. Pauvre Mérit, si bonne, si crédule, mais incapable de tenir sa langue ! Demain, elle retournerait à son travail, elle oublierait Inaros. Tamit aimait tendrement sa mère, et elle connaissait ses défauts, ses faiblesses. Elles se ressemblaient si peu ! Mérit adorait papoter, consoler, écouter ; sa fille aimait le calme, le silence, la solitude. Pas question pour elle de passer sa vie à travailler dans une taverne. Depuis qu'elle avait vu, toute petite, une troupe de danseuses pour la fête du nouvel an, Tamit rêvait d'apprendre cet art. Un jour, peut-être, les dieux l'exauceraient : elle deviendrait danseuse. En attendant, elle devait veiller sur sa mère…

CHAPITRE VIII

Dans la maison d'Ithou, tout le monde était couché. Les servantes avaient rangé les restes du repas, balayé le sol, puis s'étaient retirées dans leurs chambres. Le vieux majordome ronflait depuis longtemps, et Ithou lui-même s'était écroulé sur sa couche après une épuisante journée de travail.

Seul Hori était éveillé. Assis sur son lit, il ne se lassait pas de regarder l'amulette royale. Le bijou le fascinait : dans la clarté de la lune, la pierre verte du scarabée brillait et les visages des deux déesses semblaient mélancoliques. Le garçon tenait le bijou dans ses mains et l'or avait pris la tiédeur de son corps. L'or, « la chair des dieux », disaient les prêtres…

Quelle sépulture avait été pillée pour en arracher ce trésor ? Hori n'avait jamais visité une tombe royale, mais il imaginait la scène : après avoir déblayé les gravats qui bouchaient l'entrée, les voleurs avaient trouvé la chambre funéraire, où trônait un lourd cercueil de pierre sculptée. À l'intérieur, ils avaient ouvert, l'un après l'autre, les sarcophages de bois doré à l'image du mort. Dans le dernier, le plus beau, reposait la momie enveloppée de lin. Les voleurs avaient déchiré les fines bandelettes et ils avaient découvert l'amulette au scarabée, posée à la place du cœur…

Pris de pitié, Hori pensait à la tombe profanée, à la momie abandonnée, mutilée peut-être, qui jamais ne connaîtrait le bonheur céleste. Si au moins il savait où elle était ! Il pourrait rétablir la justice, remettre le bijou à l'endroit qu'il n'aurait jamais dû quitter.

Le scarabée du cœur, le jugement des dieux… L'adolescent ferma les yeux, il se souvint…

Il a huit ans ; dans la petite salle au sol de terre battue recouvert de nattes, dix enfants sont installés devant le maître Mésou. Hori est accroupi comme les autres, son coffret de scribe tout neuf posé près de lui.

Le maître regarde les élèves d'un air sévère.

– Aujourd'hui, je vais vous parler de ce qu'il y a au-delà de la mort.

Hori pose son calame et retient son souffle. Son père a déjà tenté de lui expliquer le voyage de l'âme, mais c'est si compliqué !

– Au moment de la mort, raconte Mésou, l'âme quitte le corps, et traverse les régions troublées des mondes inférieurs. Pendant cette période, elle court de grands dangers : elle doit affronter des serpents, des démons et les gardiens des portes.

Les gardiens… Hori imagine des soldats terribles, aux armes redoutables.

– Faut-il les combattre, Maître ? demande un garçon bien bâti dont l'imagination s'échauffe déjà.

– Non, il suffit de connaître leurs noms et ils te laisseront passer, répond Mésou. Enfin, le défunt arrive devant le tribunal des dieux où le dieu Anubis à tête de chacal procède au jugement. Savez-vous comment ?

Un enfant lève une main timide.

– Je crois qu'il y a une balance…

– Oui, continue Mésou. Anubis place le cœur du défunt sur l'un des plateaux de la balance, et sur l'autre, en contrepoids, il pose la plume de Maât, la déesse de la justice. Si les deux plateaux sont en équilibre parfait, le défunt est reconnu juste, et il peut paraître devant Osiris. Thot, le scribe des dieux, note le verdict sur sa palette.

– Mais si les deux plateaux ne sont pas en équilibre, Maître ? s'inquiète Hori.

Toute la classe se tait, attendant la terrible réponse.

– Alors, cela signifie que l'homme est mauvais, et il est livré à Ammit, la Dévoreuse. C'est un monstre abominable ! Pendant le jugement des dieux, la Dévoreuse est là, tout près de la balance, et elle attend… Voyez cette image dans le livre des morts !

Mésou prend respectueusement un rouleau de papyrus et montre aux élèves une scène superbement colorée : le dieu chacal Anubis emmène le défunt, vêtu de blanc, devant une grande balance. Sur les deux plateaux, on aperçoit le cœur du mort et la plume de Maât. Sous la balance attend la Dévoreuse, une horrible bête à gueule de crocodile, à crinière de lion et aux pattes d'hippopotame. Dans la classe de la maison de Vie, un enfant étouffe un cri d'effroi pendant que deux autres se mettent à glousser.

– Voilà pourquoi il est important de suivre les lois de l'harmonie pendant sa vie, de respecter la règle de Maât ! poursuit le maître d'une voix grave. Après le jugement, Horus, le dieu faucon, conduit le défunt devant Osiris ; il peut alors entrer dans les champs de la paix et mener une vie de lumière…

Un intense soulagement parcourt la salle. Hori lève encore la main :

– Comment est la vie dans les champs de la paix, Maître ?

Mésou regarde l'enfant et soupire… « Si seulement ce garçon s'appliquait autant à écrire qu'à réfléchir, ce serait parfait ! Sa curiosité est toujours en éveil. »

– Eh bien, dans la journée, les esprits des morts restent dans leur tombe, s'y nourrissent grâce aux offrandes déposées par leur famille, et se reposent. Le soir, au crépuscule, ils montent dans la barque solaire pour accompagner le dieu Rê dans son voyage nocturne.

– Comme ça, ils ne s'ennuient pas ! conclut Hori, ravi.

Le maître sourit.

– Effectivement, Hori, les morts ne s'ennuient pas ; parfois même, pour être sûr qu'ils aient de quoi se distraire, on place dans leur tombe un jeu de *sénet,* des parfums ou des onguents.

Hori se sent pleinement rassuré. En fait, il suffit d'être juste, de connaître les noms des gardiens des portes, d'être fort et courageux pour surmonter toutes les épreuves et pour chasser les monstres. Finalement, la mort, ce n'est pas si terrible que cela…

Hori rouvrit les yeux ; le temps avait passé et il fallait plus qu'un jeu de *sénet* pour le rassurer maintenant.

Il se sentit soudain très seul dans cette demeure silencieuse où tous dormaient, sauf lui. Le souvenir de son enfance, de la petite maison de ses parents, si exiguë que les enfants dormaient sur la terrasse, lui revint douloureusement à l'esprit. Il pensait à son père, Qen le cordonnier, si fier de son unique fils ; à sa mère Tia, qui lui donnait toujours des gâteaux aux dattes quand il rentrait de l'école ; à ses petites sœurs, qui devaient dormir en ce moment, la jeune Aset serrant contre elle sa jolie poupée de bois peint… Hori en eut la gorge nouée. Il fallait chasser cette tristesse s'il voulait éviter de se mettre à pleurer.

Qu'allait-il faire de l'amulette, d'abord ? Il devait cacher cette merveille. Depuis qu'il avait « cambriolé » la maison de Mérit avec Ahmosé, Hori avait rangé le bijou dans son coffret de scribe qui ne le quittait jamais. Mais c'était une cachette déplorable : pendant son travail, il ouvrait sans cesse la boîte pour y prendre sa palette et ses calames. Si par malheur un autre apprenti venait à fouiller dans ses affaires… Il fallait trouver un endroit plus sûr. Hori enfila son manteau et sortit dans la nuit ; à cette heure, personne ne le verrait, c'était le moment idéal.

Après avoir dissimulé le scarabée, Hori retourna dans sa chambre et se recoucha. Dans le ciel, la lune brillait doucement. Le lendemain, à l'aube, dans tous les temples, des prêtres, agissant au nom de Pharaon, offriraient aux dieux des statuettes de Maât, pour que la justice continue de régner sur la terre d'Égypte. Mais cn attendant, un apprenti scribe, choqué jusqu'au fond de son âme par le viol d'une tombe, ne parvenait pas à trouver le sommeil…

CHAPITRE IX

Le faucon s'éleva d'un vol puissant au-dessus de la rive des morts. Vu du ciel, le spectacle était saisissant : au bord des eaux boueuses du Nil, le ruban vert des zones cultivées cédait brutalement la place au désert, comme si un scribe divin les avait tracés au pinceau. Mais le faucon ne regardait pas le paysage : il chassait. Quand il repéra l'hirondelle, il se laissa tomber comme une pierre, les serres en avant. L'oiseau du printemps n'avait aucune chance d'échapper aux griffes acérées…

Non loin de là, un petit homme drapé dans un manteau marchait sur le chemin pierreux qui menait à la vallée des Rois.

Sénab, nerveux, se hâtait : il n'aimait pas ces rencontres secrètes avec le chef des *medjay*, ces policiers nubiens qui surveillaient les tombes. Il se retourna plusieurs fois pour vérifier qu'il n'avait pas été suivi, puis s'approcha de la petite tour de guet et vit que l'homme était au rendez-vous.

– Tu es seul ?

Le Nubien hocha la tête ; il était grand, athlétique, et son crâne rasé révélait d'impressionnantes cicatrices.

– Mon maître m'a donné ceci pour toi et pour les tiens, dit Sénab en tendant au Nubien un lingot d'or en forme d'anneau. Il est satisfait : tout s'est bien passé la dernière fois. Nos hommes ont pu travailler pendant quatre jours sans être dérangés. Et j'ai une nouvelle affaire à te proposer…

Le policier corrompu haussa un sourcil :

– Une autre tombe de la vallée des Reines ?

– Non, cette fois ce sera dans la vallée des Rois.

– Alors, cela coûtera trois lingots ! La

vallée des Rois est mieux gardée, et en ce moment deux équipes d'artisans restaurent un tombeau. Il faudra être très prudent…

– Tu auras tes trois lingots, trancha Sénab. Un maintenant, et les deux autres après, quand nous aurons fini de vider la tombe. Tu es sûr de tes hommes ?

Le policier fit un grand sourire ; visiblement, il trouvait la question très drôle.

– Comme de mon propre sang !

– Hori ! Ahmosé ! s'écria Tamit, je vous cherchais partout ! Il faut absolument que je vous parle.

La jeune fille s'assit près d'un bassin, tout essoufflée. Elle avait fini par trouver les garçons dans l'un des jardins proches du temple de Karnak. Il était midi, l'heure de la pause : les deux amis croquaient des oignons et des galettes d'orge, tandis que Didi, accroupi sur le sol sablonneux, essayait d'attraper des fourmis.

– Que t'arrive-t-il ? demanda Ahmosé, la bouche pleine.

– Je sais qui a donné la statue à ma mère, poursuivit Tamit. Il s'appelait Inaros, c'était un marin, un de ses amis, et… Oh, par Isis, il a été assassiné avant-hier soir !

– Quoi ? s'exclama Hori. Mais comment ?

– Il venait de quitter la taverne et il a reçu un coup de couteau dans le dos !

– C'était peut-être une simple querelle entre marins ? suggéra Ahmosé.

Tamit le regarda, furieuse :

– C'est ce que tu penses ? Que les marins et les gens du peuple passent leur temps à s'entretuer à coups de couteau ?

– Tamit ! coupa Hori. Tu es injuste. Ahmosé n'a jamais dit ça…

– Bien sûr que non, répliqua le garçon, très pâle.

– Pardonne-moi, Ahmosé, s'excusa Tamit en retenant ses larmes.

– Rien ne dit que cette mort a un rapport avec l'amulette volée, ajouta Hori.

– Inaros a été tué à cause de ce bijou, insista la jeune fille. J'en suis persuadée !

– Cette affaire est trop grave pour nous, déclara Ahmosé. Hori, on ne peut pas, à nous deux, démasquer des trafiquants, des assassins et des pilleurs de tombes ! Nous ne sommes que des apprentis, occupés une bonne partie de nos journées par notre travail auprès des troupeaux d'Amon.

– Je sais cela. Mais que proposes-tu de mieux ?

– Il faut tout avouer à ton oncle Ithou. Il saura ce qu'il faut faire. Montre-lui l'amulette et explique-lui l'histoire depuis le début.

Hori regarda Ahmosé, abasourdi :

– Tu plaisantes ? Tu penses qu'il nous croirait ? Et même si on réussissait à le convaincre, mon pauvre oncle serait complètement affolé, il irait tout raconter à la police !

– Mais au fait, Ahmosé, et ton père ? demanda Tamit. Si c'est un homme riche, il doit connaître des gens haut placés ! Ne pourrait-il pas nous aider ?

Le garçon soupira, gêné :

– Mon père a une belle situation, c'est vrai… Mais il déteste avoir des ennuis. S'il apprenait que je lui ai caché la découverte de cette amulette, lui aussi se précipiterait à la police. Il serait capable, pour me punir, de m'envoyer finir mon stage à l'autre bout du pays.

Ahmosé baissa les yeux, tripotant la laisse de Didi qui se tenait sagement assis par terre.

– Et puis… je n'aime pas cette idée de garder chez nous l'amulette volée. C'est bien trop dangereux !

– De quoi as-tu si peur, tout d'un coup ? s'étonna Hori. Après tout, c'est moi qui ai l'amulette, c'est moi qui prends les risques ! Tu étais plus courageux l'autre soir…

– C'est que… l'autre jour, j'ai entendu des prêtres parler des malédictions qui poursuivent les pilleurs de tombes dans l'au-delà. C'est horrible ! Les démons s'emparent de leur âme et leur cœur est déchiqueté par les dieux. Tu sais que je n'ai peur de rien sous le soleil…

– Sauf des oies, ricana son camarade.

– Je n'avais pas peur de la sale bestiole de Tamit, protesta Ahmosé, écarlate. Je faisais attention à ne pas me faire pincer, c'est tout.

– Ma sale bestiole? répliqua Tamit. C'est bien ce que je pensais: tu n'aimes guère les animaux. Il n'y a qu'à voir comment tu t'occupes de ce pauvre Didi!

– J'aime les oies, mais rôties! ironisa Ahmosé. Et Didi n'a pas l'air malheureux!

– Ça suffit, vous deux! coupa Hori. Enfin Ahmosé, nous n'avons rien fait de mal... Ce n'est pas nous qui avons violé une tombe et volé ce bijou. Pourquoi les dieux seraient-ils fâchés contre nous?

– Ce scarabée devrait être sur le cœur de la momie pour la protéger au jour du jugement, pas dans ton coffret de scribe! Il va te porter malheur...

– Il n'est plus dans mon coffret. Je l'ai caché, et il est en sécurité maintenant. Écoute...

Ahmosé et Tamit se penchèrent et tendirent l'oreille. Échauffés par leur conversation, les adolescents n'avaient pas prêté attention à une ravissante jeune femme à la perruque bleue qui s'attardait près du bassin en tressant des fleurs de lotus. Iset était chanteuse d'Amon et travaillait pour le temple ; elle était aussi l'une des complices de Djedi, et elle savait que son maître paierait très cher les informations qu'elle venait d'entendre.

Rien ne distinguait la maison des habitations voisines ; haute de deux étages, comme presque tous les bâtiments de cette petite rue du quartier des artisans, elle était peinte en blanc. Ses fenêtres étaient munies de nattes de jonc pour protéger du soleil et des regards indiscrets. Son toit plat servait de terrasse pour profiter de la fraîcheur du soir. Une banale maison de Thèbes est… Pourtant, quand elles s'en approchaient, les vendeuses de gâteaux pressaient le pas et aucun enfant ne se risquait à jeter un coup d'œil par les fenêtres.

Nul ne connaissait ses habitants ; des hommes y entraient parfois, furtivement, à la tombée du jour. On murmurait qu'un magicien logeait là, un être hautain et énigmatique, qui ne faisait pas profiter les petites gens de sa science. Les voisins l'évitaient, son air lointain fermait la bouche des plus bavards et décourageait les meilleures volontés.

Ce jour-là, une jeune femme à la perruque bleue sortit en hâte de cet endroit mystérieux ; elle avait fait ce qu'elle avait à faire, ses porteurs l'attendaient et elle n'avait aucune envie de s'éterniser dans le quartier des artisans. Bousculant un porteur d'eau, Iset s'installa dans sa litière et donna le signal du départ.

À l'intérieur de la maison, dans une pièce aux murs sombres couverts de signes étranges, Djedi affichait un sourire cynique. Ce que sa complice venait de lui apprendre confirmait son intuition : l'un des deux apprentis scribes entrevus lors de l'enquête était le mystérieux garçon, celui dont la magicienne avait prédit qu'il viendrait contrarier ses plans. Lequel de ces enfants était censé s'opposer à lui, Djedi, le cerveau de la plus vaste opération de pillage de tombes que le pays ait jamais connue?

– Sénab, tu as entendu ce qu'a dit Iset?

– Oui, Maître.

– Deux garçons au lieu d'un! C'est étonnant, non? Je veux savoir comment ils se sont procuré ce scarabée et où ils l'ont caché. Iset n'a pas tout entendu. C'est toi qui vas t'occuper d'eux. Il faut les amener sur la rive ouest, les faire parler, et après... Eh bien, il y aura un accident. Les marais sont infestés de crocodiles, et les jeunes gens sont imprudents, c'est bien connu.

– Mais comment vais-je les attirer là-bas, Seigneur? Deux apprentis de leur importance ne peuvent pas disparaître sans éveiller les soupçons!

Djedi sourit:

– La tâche sera facile: les dieux sont avec nous! Les garçons travaillent pour l'inspecteur des troupeaux d'Amon. Nous allons leur tendre un piège; demain, je dois aller soigner Pouer, le directeur du bétail des temples de l'ouest, et je m'occuperai de tout. Je ferai en sorte que ces garçons reçoivent une invitation.

Sénab frémit; son maître montrait de plus en plus d'audace et prenait des risques fous.

– Et notre expédition, Maître? Nos hommes vont commencer à travailler dans la vallée des Rois.

Djedi fixa son complice d'un œil froid.

– Où est le problème, Sénab? Nous pillerons cette tombe comme les autres, nous partagerons le butin. Quant à ces jeunes scribes, fais-moi confiance… ils parleront!

CHAPITRE X

Les pillards étaient fin prêts. Dès le petit matin, munis de pics en cuivre cachés dans des sacs de roseaux tressés, de nourriture et d'eau, ils étaient entrés dans la vallée des Rois. Comme prévu, les *medjay*, grassement payés par Sénab, les avaient laissés passer sans les inquiéter.

Leur chef commença à creuser au bas d'une paroi rocheuse, à l'endroit indiqué par Djedi sur un plan de la vallée. Les renseignements du maître se révélèrent exacts : les bandits virent bientôt apparaître les premières marches d'un escalier creusé dans le roc et s'enfonçant vers les profondeurs de la montagne. Leurs forces décuplées par la convoitise, ils dégagèrent fébrilement les gravats qui obstruaient l'entrée. Mais quelques mètres plus bas, ils se heurtèrent à une sorte de mur : l'ouverture avait été bouchée par un amas de pierres recouvert d'un enduit plâtré. Sur la surface lisse, le premier voleur aperçut un cachet d'argile représentant neuf hommes à genoux surmontés d'un chien assis. Impressionné, il hésita.

– C'est le sceau[1] de la nécropole royale, dit son chef.

Il prit son burin et frappa le cachet d'argile qui vola en éclats. Encouragés par cet exemple, les hommes commencèrent à marteler la paroi plâtrée. Deux d'entre eux démolissaient le mur tandis qu'un troisième déblayait les gravats dans des couffins.

Le chef se mit un peu à l'écart et s'accorda une pause. Sénab ne l'avait pas trompé : il y en avait bien pour deux jours de travail avant d'arriver à la chambre funéraire.

1 l'entrée des tombes de la vallée des Rois et des sanctuaires était condamnée par un sceau d'argile.

Tanépi la magicienne avait presque terminé sa toilette. Avec un bâtonnet d'ivoire, elle préleva un peu de fine poudre de khôl[1] dans une boîte d'ébène sculpté. Avec les années, sa main n'était plus aussi sûre et ses doigts tremblaient. Elle approchait doucement le fard de sa paupière, quand sa jeune servante entra en courant.

– Fais attention, petite sotte ! Tu m'as tout fait rater !

– Mais, Maîtresse, c'est *lui* ! Il veut te voir tout de suite !

La magicienne se leva d'un bond, renversant boîte à fard, onguents et tabouret, sans y prêter attention.

Elle avait rencontré Djedi la saison dernière et, par amour de l'or, elle avait accepté de mettre ses talents à son service. Petit à petit, elle avait découvert l'ampleur du projet

1 Maquillage pour les yeux.

criminel du mage et elle avait pris peur, mais l'homme sombre ne voulait plus se passer de ses pouvoirs. Il l'avait plusieurs fois menacée de mort si elle refusait de collaborer. Djedi terrifiait Tanépi, elle le savait capable de tout.

– Tu souhaites me voir, Seigneur ?

Djedi sourit.

– Tu me sembles bien pâle, Tanépi. Peut-être pourrais-tu demander aux dieux une meilleure santé ?

Tanépi lui rendit faiblement son sourire.

– Ma santé est excellente, Seigneur. Que puis-je faire ?

– Tu m'as déjà bien aidé. Te rappelles-tu ce jeune garçon, celui de tes visions, qui montait un âne ? Je l'ai trouvé, et j'ai besoin d'une de tes drogues pour lui.

La magicienne pâlit davantage.

– Quel genre de drogue ?

– Le garçon a des choses à nous révéler. Des choses très importantes. Il doit se sentir faible, sans force, malade… et parler ! Et ensuite, dormir… Tu pourras faire cela ?

Le visage de Tanépi s'éclaira. Elle n'aimait pas donner la mort et elle avait craint un instant d'avoir à préparer un poison.

– Oui, Seigneur. Accorde-moi une heure et je te composerai une potion.

Le directeur du bétail des temples de l'ouest ne tenait pas en place. Il avait rêvé d'une femme crocodile et craignait que ce ne soit un mauvais présage. Il voulait absolument en parler au mage; cet homme était d'une science prodigieuse! Non seulement il arrivait à guérir ses migraines rien qu'en le touchant de ses longues mains froides, mais il savait interpréter les rêves. En quelques jours, Djedi était devenu un habitué de la villa. Pouer lui confiait ses douleurs, et son épouse ses secrets…

Une servante fit entrer l'homme sombre.

– Le voilà, Maître!

– Enfin!

Pouer s'avança vers le mage, mains tendues. À son doigt, comme toujours, la grosse bague à cachet avec laquelle il scellait tous ses courriers officiels. Djedi y jeta un rapide coup d'œil.

– Comment te sens-tu ? Dors-tu mieux ?

– À merveille ! Mais cette nuit, j'ai fait un rêve étrange : j'étais seul dans ma maison, poursuivi par une femme crocodile.

– Ah…

Djedi sourit ; décidément, les dieux lui facilitaient la tâche. Il sortit de son sac une fiole en terre vernissée et préleva un peu de liquide opaque qu'il versa dans un bol : une potion à base d'extrait de pavot[1] préparée par Tanépi.

– Bois ceci, et ton esprit retrouvera le repos.

Pendant que le gros homme, docile, avalait la potion, le mage sortit du sac une boule de cire d'abeille déjà malaxée. Quand

1 Plante aux propriétés médicinales ; on en extrait notamment l'opium.

l'intendant eut fermé les yeux, il lui prit doucement la main et enfonça le sceau dans la pâte molle.

Perplexe, l'oncle Ithou fronça les sourcils et s'empara du rouleau de papyrus que lui tendait Sénab.

– Un courrier urgent envoyé par le directeur du bétail des temples de l'ouest ?

Il regarda le rouleau, scellé par un cachet d'argile séchée. Sur le sceau, le signe de Pouer était bien visible. Ithou le brisa d'une main tremblante et déroula le document. Aurait-il commis quelque bévue dans l'exercice de ses fonctions ?

– Le directeur du bétail Pouer désire la présence de mes deux apprentis, dès demain ? Mais comment connaît-il l'existence de ces garçons ?

Sénab avait pris des renseignements et préparé sa réponse :

– Rien de plus simple, dit-il en s'inclinant. Mon maître a appris que tu leur avais confié une mission l'autre jour, auprès d'un fermier de la rive ouest. Il paraît que, grâce à l'excellent enseignement que tu leur as dispensé, ces jeunes gens se sont parfaitement acquittés de leur tâche. Or, depuis quelques jours, une mystérieuse maladie frappe les troupeaux d'Amon. Le vétérinaire doit les examiner demain et mon maître souhaiterait que des scribes soient présents pendant l'opération.

Ithou sentit ses joues et ses oreilles rougir sous l'effet de la flatterie.

– Je suis... très honoré, bredouilla-t-il. Et j'espère que mes apprentis donneront satisfaction à ton maître. Penses-tu qu'il aura besoin de leurs services pendant plusieurs jours ?

Sénab fit un geste évasif.

– Le scribe chargé du bétail est malade ; mon seigneur désire que tes apprentis le remplacent jusqu'à son complet rétablissement.

Dès que Sénab fut sorti, Ithou, très excité, frappa dans ses mains pour appeler son majordome :

– Vite, cours chercher mon neveu et le jeune Ahmosé ! Qu'ils se dépêchent ! Le directeur du bétail des temples de l'ouest vient de leur confier une mission de la plus haute importance.

– Maître… Voici les garçons !

Le vieux majordome, essoufflé, s'effaça devant Hori et Ahmosé, qui tenait encore une balle de cuir sous son bras. Les deux apprentis avaient été interrompus en pleine partie.

– Ah, enfin !

Ithou regarda le ballon, agacé.

– Il n'est plus temps pour ces jeux d'enfant ! Vous allez partir sur l'heure pour la rive des morts.

Le gros scribe s'interrompit, tout ému, et posa sa main sur l'épaule d'Hori.

– Tu as beaucoup de chance, mon neveu !

Le directeur du bétail des temples de l'ouest en personne a entendu parler de tes mérites – et des tiens aussi, Ahmosé, bien sûr – et il compte sur vos talents pour remplacer son scribe chargé du bétail sacré.

Hori regarda son oncle, interloqué :

– Nous ? Des apprentis ?

– Oui, c'est incroyable ! Rendez-vous compte de votre chance ! Allez vite préparer vos affaires, mes enfants, on viendra vous chercher ce soir, au coucher du soleil.

En sortant, Ahmosé s'approcha d'Hori et murmura :

– Je trouve ça étrange. Le directeur du bétail a sûrement des dizaines de scribes à son service, tous plus expérimentés que nous. Pourquoi nous solliciter ?

– Je n'y comprends rien non plus. Mais comment refuser ?

– Et si c'était un piège ? Quelqu'un sait peut-être que nous possédons l'amulette, s'inquiéta Ahmosé.

– Si c'est le cas, répliqua Hori, une fois sur place, nous en apprendrons certainement davantage sur ces vols…

– En nous précipitant dans la gueule du crocodile ? J'aurais préféré un autre moyen, soupira Ahmosé. Tu crois que le directeur du bétail fait partie de la bande des pilleurs de tombes ?

– Je l'ignore, mais j'espère que nous serons vite fixés. En tout cas, avant de partir, nous avons intérêt à prendre quelques précautions…

– Je crois que nous devrions aussi prévenir Tamit.

– Tu as raison, approuva Hori. Je file à la taverne. Si mon oncle me cherche, dis-lui que je reviens tout de suite.

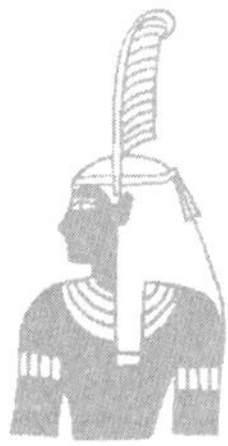

CHAPITRE XI

Sénab était inquiet. Les deux garçons se méfiaient, il l'aurait parié. Ils n'avaient pas prononcé trois mots depuis qu'ils étaient montés sur la superbe barque à la proue en forme de lotus, louée pour l'occasion. Si le maître Djedi avait espéré impressionner les apprentis par un déploiement de luxe, il s'était trompé.

Le marinier aborda en douceur et les trois passagers descendirent. Sur la rive, une litière les attendait, portée par six serviteurs.

– Montez, les pria Sénab en souriant. Mon maître Pouer a pensé à votre confort…

– Nous lui en sommes très reconnaissants, répondit Hori. N'est-ce pas, Ahmosé ?

– Très ! s'exclama son ami qui appréciait sincèrement le moelleux de sa couche.

Didi, de son côté, déchiquetait tranquillement un petit coussin.

– Quand commencerons-nous notre travail ? questionna Hori.

– Je pense que mon maître vous le précisera lui-même.

La litière amena Hori et Ahmosé devant un grand bâtiment de brique. La maison appartenait en fait au mari d'une des plus fidèles admiratrices de Djedi, qui ne s'en servait que lorsqu'il venait communier avec l'âme de ses ancêtres enterrés sur cette rive. Son épouse l'avait volontiers prêtée au mage mystérieux.

Hori demanda à Sénab :

– Peux-tu m'indiquer où nous sommes ? Je ne connais pas bien la rive ouest…

– Cette demeure est tout près du temple de Ramsès II le grand. C'est ici que vous passerez la nuit ; mon seigneur Pouer a tout prévu.

Sénab précéda les garçons dans une vaste pièce de réception. Hori fut surpris par l'absence de serviteurs dans une demeure de cette importance. Son instinct ne l'avait pas trompé : cette invitation était étrange…

– Une collation est prête dans la salle d'à côté, poursuivit Sénab, vous devez avoir faim. Je vous laisse avec Iset, qui va s'occuper de vous.

Une superbe jeune femme entra d'un pas étudié, et adressa à Ahmosé son plus beau sourire. Celui-ci en resta bouche bée. Djedi choisissait bien ses complices. Iset ressemblait à ces statues aux proportions parfaites qu'on admirait dans les temples. Mais là, la statue bougeait, elle sentait l'encens et le miel, et ses yeux brillaient d'un éclat moqueur.

Avec sa grande expérience des hommes, Iset avait tout de suite compris qu'Ahmosé serait plus sensible à ses charmes qu'Hori. Elle s'approcha de lui et posa doucement la main sur son épaule.

– Sénab prétend que vous n'êtes que des apprentis, dit la belle avec un rire perlé. Mais je suis sûre qu'il se trompe... tu as la stature d'un jeune guerrier !

– Nous sommes des apprentis, en effet, confirma Hori, narquois. Et si l'obscurité ne te trompait pas, tu verrais que nous portons nos coffrets de scribe, et non des lances et des boucliers !

Iset éclata de rire. Elle montra aux garçons une table magnifiquement garnie.

– Pardonnez ma sottise. Vous devez avoir besoin de vous restaurer. Permettez-moi de vous servir...

Elle prit de ses mains aux doigts fins une cruche de faïence bleue et une passoire d'osier tressé.

– Je filtrerai moi-même votre bière... Tenez !

Dans un silence de mort, la belle fit couler un filet de bière brune au-dessus de la passoire. Elle remplit une coupe qu'elle tendit à Ahmosé.

– J'espère qu'elle te plaira...

– Non !

Hori avait bondi et Ahmosé, surpris, renversa une partie du breuvage.

– Même si Ahmosé est mon ami, je ne lui laisserai pas cet honneur ! Je voudrais boire le premier, en te souhaitant longue vie.

Iset, impassible, filtra une deuxième coupe et la lui tendit. Hori sourit.

– Et toi, belle Iset ? Comment partager la coupe de l'amitié si tu ne te joins pas à nous ?

L'air aimable de la jeune femme disparut comme par enchantement.

– Je ne peux pas consommer d'alcool en ce moment : je suis chanteuse d'Amon et, pendant mon service, je dois suivre les mêmes règles de purification que les prêtres. Mais je vous tiendrai compagnie en buvant de l'eau.

Pendant qu'Iset se retournait pour prendre une carafe, Hori vida précipitamment sa coupe dans l'eau d'un bouquet de lotus. Quant à Ahmosé, il était si fasciné par le charme d'Iset qu'il en avait oublié le danger. Il porta la coupe à ses lèvres sans remarquer la ruse de son ami.

– Que les dieux nous gardent ! proclama Iset en levant son gobelet.

– Ahmosé, tu as bu ? s'écria Hori dès que la belle fut sortie.

– Un peu. Oh ! Hori… cette femme est une vraie déesse ! As-tu jamais vu taille plus fine ? Et ses yeux…

– Ne fais pas l'imbécile ! Nous sommes tombés dans un piège, et ta déesse fait sûrement partie d'une bande de malfaiteurs. Comment te sens-tu ?

– Plutôt bien, mais cette bière avait un goût amer.

– Elle était droguée !

Ahmosé cligna des yeux.

– J'ai la tête lourde… Laisse-moi m'étendre ici, ça ira mieux. Oh ! ça tourne…

Hori discerna un léger bruit derrière la

porte. Il ne restait qu'une chose à faire : il se coucha à côté d'Ahmosé et feignit de dormir.

Il entendit alors des pas. Quelqu'un s'approchait d'eux…

– Ahmosé, Ahmosé !

C'était la voix enjôleuse d'Iset.

Hori entrouvrit les yeux… La jeune femme, à genoux près de la couche de son compagnon, tentait de le réveiller. Derrière elle se trouvaient Sénab, ainsi qu'une silhouette haute et mince, celle de l'homme sombre aperçu le jour de l'enquête sur la rive des morts. C'était sûrement lui le chef des voleurs, celui qui les avait attirés là !

Ahmosé ouvrit péniblement les paupières.

– Tu dois nous dire comment tu as trouvé l'amulette. Mon maître veut le savoir ! insistait Iset.

– L'amulette ? demanda le garçon d'une voix pâteuse.

– Oui, le scarabée du cœur. Où l'as-tu trouvé ? Où est-il ?

– Il était dans une statue… de Bès. L’oie… c’est la faute de l’oie.

– Comment as-tu récupéré la statue ? Qui te l’a donnée ? s’énerva Sénab.

Hori fit mine de grogner dans son sommeil ; il devait empêcher Ahmosé de parler de Tamit et lancer les bandits sur une fausse piste.

– Mmmmh… La statue… L’oie a cassé la statue…

Djedi se tourna vers Hori :

– Oui, l’oie a cassé la statue, et tu as trouvé l’amulette. C’est ça ! Où était cette statue ?

Le garçon réfléchit très vite.

– Je… je l’ai achetée sur le marché.

– Je vois, souffla Djedi.

Cela confirmait ses soupçons : cet idiot d’Inaros ne s’était même pas rendu compte que la statue à langue bleue recelait un trésor et il l’avait vendue sur le marché pour quelques *dében* !

– Et qu’as-tu fait du scarabée du cœur ?

– Je… je l’ai caché… dans l’allée. Le sphinx… bredouilla Hori.

– Oui, l'encouragea Djedi, tu l'as caché près d'un sphinx… Lequel ?

– Le dernier… près du fleuve.

Hori simula ensuite un profond sommeil. À ses côtés, Ahmosé ronflait bruyamment.

Djedi se retourna vers ses complices.

– Bien ! Sénab, je te charge de ligoter solidement ces deux garçons ; la drogue ne fera pas effet jusqu'à demain. Et toi, Iset, à l'aube, quand tu prendras ton service au temple de Karnak, tu iras récupérer l'amulette. Si tu ne la trouves pas au pied du sphinx, nous recommencerons cet interrogatoire…

Djedi sourit d'un air cruel.

– … mais avec d'autres moyens, cette fois. Il faut espérer pour ces deux jeunes idiots qu'ils ont dit vrai !

– Et si l'amulette est bien là, seigneur Djedi, que feras-tu d'eux ? demanda Iset.

Djedi eut un geste impatient de la main.

– Les crocodiles se chargeront de les faire disparaître. Ces enfants en savent beaucoup trop, et nous devons avoir les mains libres pour achever notre pillage dans la vallée des Rois ! Nos hommes continuent à travailler demain.

Sénab se dirigea alors vers les garçons, une corde de chanvre à la main…

Glacé d'effroi et solidement ligoté, Hori attendit un long moment après le départ des malfaiteurs. Puis il se redressa et essaya de réveiller son ami :

– Ahmosé, au nom de Rê ! Réveille-toi ! Nous devons partir d'ici ! Ahmosé…

Hélas, la bière droguée avait assommé le jeune garçon. Hori eut beau crier, supplier, son ami dormait profondément.

La situation semblait désespérée : ils étaient seuls, pieds et poings liés, en pleine nuit, et personne ne s'inquiéterait de leur sort avant plusieurs jours. Dès le lendemain matin, quand Iset s'apercevrait que l'amulette n'était pas dans l'allée des sphinx, ils seraient interrogés, torturés sans doute… Hori frémit. Non, il fallait partir, ils devaient se sauver pour chercher du renfort. Pour l'instant, les bandits les croyaient endormis.

Il y avait peut-être une solution. Personne n'avait prêté attention à son coffret de scribe, de l'autre côté de la pièce. S'il arrivait à l'attraper…

En roulant sur lui-même, Hori s'approcha du coffret et le cala derrière son dos. Avec ses mains ligotées, à tâtons, il essaya de faire coulisser le couvercle de bois. En vain… Les doigts engourdis, Hori commençait à perdre courage quand un bruit furtif attira son regard dans un coin obscur de la pièce. Didi ! Hori l'avait complètement oublié ; le singe vert d'Ahmosé s'était réfugié là, sans doute impressionné par ce lieu inconnu. Hori chuchota :

– Par le dieu Thot, viens m'aider, Didi ! J'ai besoin de toi et ton maître aussi, sinon nous sommes perdus.

Le petit singe marcha prudemment jusqu'au garçon, puis, attiré par les fruits, il sauta sur la table garnie.

– Didi, viens ici ! Ouvre mon coffret, vite !

Cette fois, l'animal, la bouche pleine de figues, avança vers Hori et attrapa le coffret de scribe. Il le secoua dans tous les sens jusqu'à ce qu'il s'ouvre et que son contenu s'éparpille sur le sol. Hori poussa un cri de joie, récupéra le petit poignard qu'il avait emporté par précaution, et entreprit de trancher ses liens.

Après de longues minutes d'effort, alors que les doigts d'Hori tremblaient de fatigue, la fine corde céda. Le garçon étouffa un cri de triomphe. De son côté, Ahmosé s'agitait : les effets du poison devaient se dissiper. Hori s'approcha de lui et se mit à couper ses liens.

– Que… Que fais-tu, Hori ? Qu'est-ce qui se passe ? bredouilla son ami.

– Tu as été drogué. Nous devons filer au plus vite, nous sommes en danger. Tu peux tenir debout ?

Ahmosé se redressa péniblement.

– Mais… Et notre mission ? Et le directeur du bétail qui nous a fait appeler ? Qu'est-ce qu'on va dire à ton oncle ?

Hori leva les yeux au ciel.

– Nous ne sommes pas chez le directeur du bétail, Ahmosé. On nous a attirés dans un piège ! Tu te souviens de l'homme au manteau sombre, celui que j'avais aperçu l'autre jour dans le temple de l'ouest ? Il était ici, avec Iset et Sénab ! C'est le chef des voleurs, Ahmosé ; les deux autres sont ses complices. Je les ai entendus, ils ont l'intention de se débarrasser de nous… Mais voilà ce que nous allons faire : toi, tu vas traverser le Nil avec Didi et chercher du secours, et moi, je me cacherai près d'ici. Je surveillerai les préparatifs de la bande : ils vont piller une tombe de la vallée des Rois demain !

Cette révélation acheva de dégriser Ahmosé.

Après avoir discuté des derniers détails de leur plan, il sortit de la maison par une fenêtre basse, Didi sur son épaule. À la lueur de la lune, il trouva la direction du Nil et commença à courir.

De son côté, Hori escalada le mur de brique et se cacha sur le toit plat ; de là, il pourrait entendre les bandits sans être vu.

CHAPITRE XII

Couchée sur sa natte, dans la petite maison du port, Tamit n'arrivait pas à trouver le sommeil. Elle pensait à ce que lui avait dit Hori, quelques heures plus tôt : cette étrange convocation cachait sûrement un piège. Quel dommage qu'elle n'ait pas pu accompagner ses deux amis sur la rive des morts ! La jeune fille était exaspérée de devoir rester ici, impuissante, à attendre la suite des événements.

Tamit soupira et se retourna sur sa couche. Elle entendait, tout près d'elle, la respiration régulière de Mérit qui dormait paisiblement. « Demain, songea l'adolescente, si je n'ai pas de nouvelles au coucher du soleil, j'irai voir l'oncle d'Hori et je lui dirai tout. Hori sera furieux... Mais s'il est en danger, tant pis pour le secret ! Ou alors... ne vaudrait-il pas mieux que je me rende au poste de police ? Ils ne me croiront jamais. Je dois faire quelque chose, de toute façon. Je trouverai ! »

Tamit échafauda des plans pendant une bonne partie de la nuit, puis, vaincue par la fatigue, elle s'endormit.

Ithou s'agitait dans un sommeil entrecoupé de mauvais rêves. Immobile au seuil de sa chambre, une torche à la main, son vieux majordome hésitait à le réveiller. Timidement, il appela :

– Maître...

Mais l'esprit d'Ithou était ailleurs. Debout dans une barque, il frappait sauvagement un hippopotame avec son coffret de scribe. L'énorme bête se tourna vers lui, ouvrit sa gueule ; le gros homme sentait son haleine fétide. Il recula... et fit tomber son repose-tête en bois précieux. Le choc de son crâne heurtant le lit le réveilla, et il aperçut son serviteur.

– Le soleil est-il déjà levé ?

– Non, maître, il continue sa course nocturne. Mais le compagnon de ton neveu est là. Il dit qu'il doit te parler. Tout de suite !

– Ahmosé, ici ? s'écria Ithou, stupéfait. Je viens immédiatement.

Il sauta de son lit et ajusta son pagne d'une main fébrile. D'abord un cauchemar, puis ce garçon, ici, en pleine nuit. Pourvu qu'il ne soit pas arrivé malheur à son neveu, le fils chéri de sa sœur…

Quand il vit Ahmosé, trempé et grelottant, son petit singe dans les bras, Ithou poussa un cri d'effroi :

– Mais que s'est-il passé ? Vite, ordonna-t-il au vieux serviteur, va lui chercher des vêtements secs et un bol de bouillon ! Et toi, Ahmosé, dis-moi : est-il arrivé quelque chose à Hori ?

– Maître Ithou, Hori est en danger, nous

avons été attirés dans un piège… Nous avons été drogués par une bande de malfaiteurs !

– Comment cela ? Drogués ? Dans la maison du directeur du bétail des temples de l'ouest ? C'est invraisemblable !

Pendant qu'Ithou, consterné, essayait de rassembler ses esprits, Ahmosé raconta : l'amulette martelée trouvée par Tamit, l'homme sombre entrevu par Hori sur la rive des morts, la bière droguée, l'interrogatoire… Le gros homme était horrifié : son neveu et Ahmosé l'avaient échappé belle ! Et ce serviteur qui était venu hier, avec un papyrus signé du propre sceau du directeur Pouer… Il s'agissait donc d'un faux ! Quelle audace ! Qui était cet homme mystérieux qui avait drogué les deux enfants et qui, crime suprême, organisait le pillage des tombes ?

Pris sous un feu de questions, Ahmosé avait peine à avaler son bouillon de canard.

– Mais comment as-tu traversé le Nil en pleine nuit ? Et pourquoi Hori n'est-il pas avec toi ?

Le garçon baissa les yeux, gêné.

– J'ai emprunté une barque au débarcadère, il y avait plein de matériel laissé par les ouvriers du grand chantier… J'ai eu de la chance : la barque était solide et je n'ai pas rencontré de crocodiles. Je me souvenais bien des formules magiques pour les éloigner, au cas où.

Ithou ferma les yeux et essaya d'imaginer ce jeune imprudent, en pleine nuit, seul sur le Nil élargi par les crues… C'était un miracle qu'il s'en soit sorti : les dieux devaient être avec lui !

– Et Hori ?

– Ton neveu est courageux, maître Ithou. Il est resté là-bas pour espionner les malfaiteurs. Ces hommes ont parlé d'une nouvelle expédition demain, à l'aube, dans la vallée des Rois. Et quand ils vont s'apercevoir de notre disparition, ils tenteront sûrement de s'enfuir avec le butin !

– Et l'amulette ? Où est-elle ?

– Hori a menti aux voleurs. L'amulette est enterrée dans ton jardin, maître Ithou !

Le gros scribe était atterré.

– Un bijou volé dans une tombe royale, caché dans mon jardin ? Mon neveu a perdu la tête !

L'oncle se redressa, ajusta sa perruque, prit une torche allumée et mit la main sur l'épaule d'Ahmosé.

– Vite, pose ton bol, attrape ton singe et viens avec moi. Nous allons trouver le chef de la police.

Les yeux d'Hori commençaient à s'habituer à l'obscurité ; il distinguait les formes massives des grands temples et, au-delà, vers le Nil, les lumières de Thèbes. Mais où étaient Djedi et Sénab ? Le garçon n'avait aucune idée du temps qu'il avait passé couché sur le toit plat de la maison. De toute son âme, il priait les dieux qu'Ahmosé ait réussi à traverser le Nil. Les grenouilles qui infestaient les marécages faisaient un bruit assourdissant. Combien de temps devrait-il rester là, couché, à attendre des secours ? Et qu'allait-il se produire au lever du jour ? Les bandits risquaient de le voir, il lui faudrait trouver une autre cachette. Hori commençait à regretter d'être resté ici ; il ne servait à rien. Il aurait mieux fait de partir avec son compagnon.

Le jeune scribe en était là de ses réflexions quand il perçut des pas ; deux silhouettes avançaient vers la maison. Il reconnut Djedi à sa haute taille ; l'autre, le porteur de torche, devait être Sénab. Celui-ci approcha son flambeau de la fenêtre pour éclairer l'intérieur et poussa un cri :

– Seigneur ! Les garçons ne sont plus là...

– Quoi ?! hurla Djedi. Va voir dans la maison, et vite !

Sénab enjamba le rebord de la fenêtre. Hori entendit sa voix angoissée :

– Ils se sont évadés ! Ils se sont débarrassés de leurs liens ! Les cordes sont là, par terre. Maître, qu'allons-nous faire ? Tout est perdu !

Si ces garçons ont traversé le Nil, ils ont sûrement prévenu la police...

Djedi regarda autour de lui, furieux.

– Ils n'ont pas traversé, Sénab ! En pleine nuit, c'est impossible. Ils sont encore là, cachés quelque part, en attendant l'aube...

Hori frissonna. Pourvu que les deux bandits ne lèvent pas la tête !

– Mais nous ne devons pas courir de risques, poursuivit le mage. Tu vas réveiller deux hommes sûrs. Vous vous rendrez dans notre cachette du vieux palais de Malqatta pour y ramasser le butin et le charger sur un bateau. Si, à l'aube, Iset ne revient pas avec l'amulette, c'est que nous sommes découverts, et nous embarquerons pour Pi-Ramsès avec le trésor. De mon côté, avec des serviteurs, des torches et des chiens, je vais fouiller les marécages pour retrouver les scribes !

– Et nos hommes, Maître ? Ceux qui sont dans la vallée des Rois ?

– Trop tard pour annuler. Tant pis pour eux ! cracha Djedi d'un ton rageur.

CHAPITRE XIII

Dès que les deux voleurs se furent éloignés, Hori descendit du toit. Il lui fallait prendre une décision, et tout de suite ; les serviteurs de Djedi seraient là d'une minute à l'autre. Ils allaient explorer les marécages, persuadés que les apprentis tenteraient de traverser le fleuve à l'aube.

Hori tourna donc le dos au Nil et regarda de l'autre côté : dans l'obscurité, il ne vit que la silhouette sombre de la Cime de Thèbes. Au pied de la montagne se trouvait la vallée des Rois, et il risquait d'y rencontrer les hommes de Djedi occupés à piller une nouvelle tombe. Mieux valait éviter cet endroit. Le garçon se dirigea vers l'ouest, vers les ténèbres. Il n'avait pas le choix : il resterait dans le désert pour cette nuit, là où personne n'irait le chercher…

Hori marcha doucement, prenant soin de ne pas trahir sa présence en trébuchant. Plus il s'éloignait de la zone des temples, plus il faisait noir. Soudain, il entendit du bruit et des aboiements de chiens, loin derrière lui : les bandits commençaient sûrement leurs recherches. Il pressa alors le pas.

Devant lui, le chemin se poursuivait et passait par une trouée entre des falaises. Hori serra son amulette et murmura une formule magique pour éloigner les scorpions et les bêtes de la nuit. Quant aux dieux, il n'en avait pas peur : n'était-il pas ici pour rétablir la justice ? À tâtons, tenant d'une main son coffret de scribe pour l'empêcher de lui battre les flancs, le garçon cheminait sans le savoir sur la route sacrée qui menait à la vallée des Reines.

Pendant ce temps, de l'autre côté du Nil, une jeune femme impatiente attendait le lever du soleil dans le dortoir des chanteuses d'Amon. Dès qu'elle vit le disque d'or de Rê paraître dans le ciel, Iset enfila rapidement sa robe plissée, prit un sac de cuir et une serviette de lin. Ainsi, si un prêtre la croisait, il penserait qu'elle allait se purifier dans le lac sacré. D'un pas alerte, elle se dirigea vers le débarcadère du temple, puis s'agenouilla au pied du dernier sphinx à tête de bélier. Elle sortit de son sac un grattoir en os et commença à creuser.

– Est-ce ceci que tu cherches ?

La jeune femme sursauta et lâcha son outil. Debout devant elle, le scribe Ithou tenait le plus beau bijou qu'elle eût jamais vu : une amulette d'or incrusté d'un scarabée vert. Derrière lui, des policiers nubiens, lance à la main, suivis par Ahmosé, s'avancèrent vers elle.

– Iset, chanteuse d'Amon, au nom de Pharaon, je t'ordonne de me suivre, déclara leur chef.

Les premiers rayons du soleil teintaient le ciel de traînées roses. Hori ouvrit les yeux : il se trouvait dans une vallée désertique entourée de montagnes de calcaire ocre. Le garçon passa la main dans ses cheveux et essaya de se souvenir…

Que s'était-il passé ? Il se rappelait sa fuite dans la nuit la veille au soir. Il avait dû s'écrouler et s'endormir par terre. Il regarda autour de lui, et ne distingua aucune trace de vie. Pas un brin d'herbe ne poussait ; il n'y avait que des pierres et du sable grossier. Tout était étrangement silencieux. Pourtant, le garçon sentait qu'une mystérieuse présence, une vie cachée, animait ce désert.

Hori leva les yeux et observa la montagne en forme de pyramide qui surplombait les falaises. Si c'était là la Cime, cela signifiait qu'il était arrivé dans la vallée des Reines… Il avait dû marcher longtemps ; derrière lui, le chemin se perdait dans les masses rocheuses.

Hori s'approcha d'une paroi calcaire. Il avait remarqué un éboulis, un tas de pierres et de gravats qui empiétait étrangement sur le chemin. En le contournant, il découvrit l'entrée béante d'une tombe. Des pillards étaient passés par là !

Le cœur battant, Hori s'engagea dans l'escalier d'accès qui s'enfonçait dans les profondeurs de la montagne. Après quelques marches, il se retrouva dans l'obscurité la plus complète et rebroussa chemin : impossible d'avancer sans lumière. En remontant à la surface, il heurta du pied une sorte de bol de terre rouge empli d'une couche de graisse figée : ce devait être une lampe abandonnée par les voleurs. Le garçon arracha plusieurs fils de son pagne et les roula dans la graisse pour confectionner une mèche. Il ne restait plus qu'à allumer un feu.

Hori bénit sa mère qui avait passé des heures à lui enseigner cet art. Depuis, il avait toujours avec lui, dans un sachet de cuir accroché à son cou, son matériel à feu : une baguette de bois bien sec, une petite planche où était creusée une légère dépression, et quelques fibres de palmier. Il coinça la planchette par terre, entre ses genoux, installa la baguette sur le creux, et la fit tourner très rapidement entre ses mains. Après quelques efforts, alors qu'il sentait ses paumes devenir brûlantes, le bois commença à chauffer et à fumer. Hori ajouta des fibres de palmier qui s'enflammèrent aussitôt. Il alluma la mèche de lin qu'il avait préparée et la mit dans le bol de graisse : la lampe était prête, il pouvait retourner dans la tombe.

Hori descendit les marches, franchit l'entrée et découvrit un long couloir orné de fresques. À la lueur mouvante de sa lampe, les personnages aux couleurs vives s'animaient, leur regard paraissait vivant. Il y avait là les images des dieux Osiris et Anubis en train d'accueillir une femme, une reine, celle qui était enterrée ici. Très jeune, mince, vêtue d'une robe plissée à fines bretelles qui moulait ses formes parfaites, elle semblait presque réelle. Sur certaines peintures, elle portait à son visage une fleur de lotus pour en respirer le parfum. Sur ses lèvres flottait un mystérieux sourire, plein de douceur et de regrets. Qui était-elle ? Sous son portrait, un cartouche[1] le renseigna : il s'agissait de Nofret, épouse de Pharaon.

Hori n'avait jamais vu d'aussi belles peintures. Il s'approcha des parois pour mieux contempler les silhouettes des dieux venant à la rencontre de la reine, mais aussi tous les périls que la souveraine devrait affronter avant d'atteindre le bonheur éternel.

Le garçon poussa un cri qui résonna dans le couloir obscur : en reculant pour mieux voir une image de serpent, son pied avait

1 Cadre ovale dans lequel était inscrit le nom d'un roi ou d'une reine.

rencontré le vide. Un puits ! Au milieu du passage, un trou de plusieurs mètres de profondeur servait à piéger les intrus et à drainer les eaux en cas de forte pluie. Le cœur battant, Hori contourna le gouffre béant et traversa une salle décorée de piliers.

Il explora en vain la pièce à la recherche d'autres portraits de Nofret, puis, troublé, il s'engagea dans un nouvel escalier à moitié obstrué par des débris. L'œuvre des voleurs... Hori les avait presque oubliés. Ils avaient démoli le mur qui bouchait l'entrée de la chambre funéraire, et entassé les gravats dans le couloir.

Le garçon escalada les décombres et entra dans la dernière salle, la chambre de l'or.

Le spectacle était affreux, tout avait été saccagé. Alors que les pillards avaient respecté le reste de la tombe, ils s'étaient déchaînés à la vue des trésors contenus dans cette pièce. Les meubles précieux et les vases d'albâtre avaient été renversés ; un pot à onguent en bois sculpté avait été brisé, sans doute pour en ôter des incrustations d'or ou d'argent. Au centre de la salle, le beau sarcophage de granit rose avait été profané. Par chance, le lourd couvercle ne s'était pas cassé, mais les cercueils de bois et d'or qui avaient contenu la momie avaient disparu : les pillards avaient l'habitude de les brûler à l'air libre pour récupérer le métal fondu et en faire des lingots.

La momie de la reine Nofret gisait au sol. Tout ce qui restait de cette femme au doux sourire, si belle, était une forme emmaillotée de lin, jetée au sol au milieu des vases en miettes. Hori s'agenouilla auprès d'elle. Les pillards n'avaient pas défait les bandelettes et on voyait encore, au cou de la reine morte, un collier de fleurs séchées qui tombaient en poussière.

Ils avaient déchiré le lin à l'endroit du cœur, pour y prendre le scarabée. Hori sentit des larmes lui brûler les yeux ; il était sûr que l'amulette trouvée par Tamit aurait dû être là, pour protéger la reine au moment où son âme serait pesée par Anubis.

La lumière de la lampe faiblissait ; il fallait sortir très vite. Hori regarda encore une fois la momie ; il n'arrivait pas à se décider à la laisser ainsi, abandonnée et souillée. Il posa la torche et prit la reine dans ses bras : elle était légère et encore imprégnée du parfum des onguents utilisés par les embaumeurs royaux. Doucement, avec d'infinies précautions, il la déposa dans le sarcophage de granit rose. Sculptée dans la pierre, une déesse aux bras ailés semblait protéger son sommeil.

La lampe à la main, Hori remonta d'un pas rapide, pressé de retrouver la chaleur du soleil et d'échapper à la tristesse glacée de la tombe. Quand il distingua enfin, au bout de l'escalier, un rai de lumière, il cligna des yeux et poussa un cri de joie. Il gravit les dernières marches en courant, puis s'arrêta net. Des lances menaçantes étaient pointées sur lui, et les policiers nubiens qui les tenaient n'avaient pas l'air de plaisanter.

CHAPITRE XIV

– Arrêtez, arrêtez ! C'est Hori… c'est mon neveu !

– Oncle Ithou !

L'adolescent se faufila entre deux gaillards et sauta dans les bras de son oncle. Le gros homme était bouleversé.

– Mon garçon ! J'étais si inquiet ! Nous te cherchons depuis des heures. C'est cet animal merveilleux qui nous a conduits jusqu'à la vallée des Reines, expliqua Ithou en désignant un petit singe vert. Il a senti ta présence, le dieu Thot a guidé ses pas ! Nous avons vu ton coffret de scribe, devant cette tombe.

Perché sur l'épaule d'un policier, le singe

bombait fièrement le torse. Hori lui gratta la tête.

– Mais c'est Didi ! Et Ahmosé ? Où est-il ?

– Je suis là ! répondit une voix joyeuse derrière Ithou. J'ai échappé aux hippopotames, aux crocodiles, aux serpents des marais…

Les deux garçons, heureux de se retrouver, se donnèrent une accolade.

– J'ai tout raconté à ton oncle, et nous sommes allés demander de l'aide au poste de police. Iset a été arrêtée alors qu'elle cherchait l'amulette au pied d'un sphinx !

– Elle ne risquait pas de la découvrir là ! s'exclama Hori. Et les autres ? Sénab et Djedi ?

– Nous ne les avons pas trouvés, et Iset ne nous a pas beaucoup aidés. Elle refuse de parler… Pour l'instant ! dit le chef des policiers.

– Je connais leur plan ! s'écria Hori. Si Iset ne revient pas, ils doivent récupérer leur butin dans le palais de Malqatta avant de fuir en bateau jusqu'à Pi-Ramsès. Et leurs complices profanent une nouvelle tombe en ce moment même dans la vallée des Rois.

Le chef des policiers leva la main.

– Nous devons nous séparer. Cinq hommes se rendront dans la vallée des Rois pour retrouver les pillards. Toi, Tod, tu prendras la tête de cette expédition !

Un Nubien à la peau très noire avança. Il portait un pagne retenu par une ceinture aux couleurs vives. Comme les autres policiers, Tod tenait une lance et il avait un long fouet enroulé autour de l'épaule.

– Pouvons-nous t'accompagner, Ahmosé et moi ? demanda Hori.

Tod observa les garçons.

– Si vous le souhaitez, mais je vous préviens : cela peut être dangereux !

– Peu importe, nous te suivrons ! lança bravement Ahmosé.

Hori sourit ; il connaissait assez Ahmosé maintenant pour savoir que son ami, même s'il se montrait prudent, ne fuyait pas le danger.

– De mon côté, poursuivit le chef des policiers, avec le seigneur scribe Ithou et les hommes qui restent, je vais gagner le Nil pour arrêter les fuyards avant qu'ils ne s'échappent !

Les Nubiens partirent en courant vers le fleuve. Quant à Ithou, le sentiment de sa dignité et son embonpoint lui interdisaient d'en faire autant.

Les policiers, bien entraînés, n'eurent aucun mal à franchir les quelques kilomètres qui séparaient la vallée du vieux palais.

– Regardez ! Ils sont là !

Un bateau à voile était amarré devant les ruines de Malqatta, dans le lac relié au Nil par un canal. Des hommes chargeaient des coffres et des sacs…

Le chef des policiers donna le signal d'une course effrénée ; quand les Nubiens s'approchèrent du lac, le bruit de leurs pas alerta les voleurs. Sénab poussa un cri pour prévenir ses complices. Djedi, debout sur le pont, ordonna alors d'appareiller, abandonnant le reste du butin. Sénab et deux comparses sautèrent dans le bateau au moment où les forces de l'ordre arrivaient. Les rameurs s'étaient déjà mis au travail et le navire s'éloignait du quai à vive allure.

Le chef des Nubiens ordonna :

– Courons jusqu'au Nil, nous y trouverons des barques. Vite !

Une étrange poursuite commença tandis que l'embarcation des voleurs s'engageait sur le canal menant au Nil. À quelques pas de là, sur la terre ferme, les policiers, péniblement rejoints par Ithou, se frayaient un chemin parmi les touffes épaisses de papyrus pour tenter, eux aussi, de rejoindre le fleuve. Le bateau avait pris de l'avance, et Ithou ne tarda pas à s'essouffler…

– Ils vont gagner le Nil avant nous ! s'exclama un policier, furieux.

Sénab encourageait les rameurs et le

navire était sur le point de sortir du canal. Soudain, il y eut un hurlement : une barge[1] chargée de blocs de granit descendait le fleuve et s'approchait du débouché du canal. À sa proue, un marin criait en faisant des signes désespérés pour attirer l'attention de Sénab, mais le choc était inévitable.

Dans un terrible craquement, la barge remplie de pierres heurta par le milieu la coque du bateau des bandits, qui se brisa. Rameurs et voleurs sautèrent dans le Nil pendant qu'Ithou et les Nubiens, impuissants, voyaient le navire couler, et les coffres contenant le butin s'enfoncer dans l'eau boueuse…

Les policiers s'élancèrent vers la rive pour arrêter les malfaiteurs à leur sortie de l'eau. Mais sur le fleuve et sur les berges, le désordre était total. Le navire marchand, après avoir heurté l'embarcation de Djedi, avait

1 Bateau à fond plat servant au transport de marchandises.

pivoté, barrant ainsi une bonne partie du fleuve. La circulation fluviale était déjà dense à cette heure, et plusieurs barques s'étaient retrouvées coincées contre sa coque, menaçant de chavirer. Témoins de l'accident, des passants s'approchaient pour essayer de se rendre utiles. Depuis les bateaux épargnés, des marins tendaient des perches dans l'eau pour aider les naufragés, sans savoir que certains étaient poursuivis par la police.

Ithou pointa un doigt vers la berge :

– Là ! C'est l'homme qui s'est fait passer pour le serviteur de Pouer ! Arrêtez-le !

Essoufflé, Sénab avait agrippé une touffe de papyrus et tentait de se hisser sur la terre glissante. Les policiers nubiens n'eurent pas de mal à s'emparer de lui, ainsi que de ses deux complices. Mais ils eurent beau fouiller les abords du fleuve jusqu'à la tombée du jour, ils ne trouvèrent pas Djedi. L'homme sombre avait disparu…

De leur côté, Tod et ses cinq hommes, suivis par Hori et Ahmosé, avaient emprunté en toute hâte le chemin menant à la vallée des Rois. Après une bonne demi-heure de marche rapide, ils avaient atteint cet endroit sacré entre tous. Tod s'adressa aux *medjay* chargés de surveiller l'entrée de la vallée :

– Laissez-nous passer, nous pensons que des pillards sont en train de profaner une tombe ! N'avez-vous rien remarqué d'anormal ces jours-ci ?

Les hommes nièrent, mal à l'aise. Tod et sa troupe pénétrèrent dans le défilé rocheux. L'endroit était tout aussi désertique mais bien plus impressionnant que la vallée des Reines.

Tod se tourna vers Hori.

– La vallée est grande ; nous en avons pour un moment avant de trouver ces voleurs...

Le Nubien se mit à quatre pattes et colla l'oreille au sol.

– Que fais-tu ? demanda Ahmosé, stupéfait.

– J'écoute la montagne, murmura le policier. J'entends quelque chose... par là !

Tod se leva souplement.

– En route ! Marchez sans faire de bruit. Nous allons les surprendre !

Les pillards, en effet, n'étaient pas loin. Ils ne se doutaient pas que la police était à leurs trousses ni que leur chef était en fuite.

Pendant deux jours, ils avaient déblayé des monceaux de gravats, étouffé dans les couloirs de la tombe envahis de poussière, dormi à la belle étoile, couchés sur des pierres aux arêtes vives… Et maintenant, ils touchaient au but ; ils avaient dégagé une longue galerie décorée de fresques – sans même un regard pour les superbes peintures du livre des morts –, traversé une salle à piliers et emprunté une autre galerie en pente douce. Au fond, un étroit boyau les avait menés devant une lourde porte de bois sculpté, entourée de deux statues de dieux.

– C'est là : le caveau, la salle de l'or !

Les voleurs se bousculèrent pour forcer la porte ; à coups de burin et de silex, ils entaillèrent le bois noir jusqu'à ce qu'elle cède. Quand le panneau s'ouvrit, ils découvrirent un spectacle extraordinaire : à la faible lueur de leurs lampes, des dizaines d'objets brillaient d'un éclat doré. La petite salle carrée, au plafond étoilé, débordait de merveilles. Des statues d'or et de pierres dures, des vases d'albâtre, des coffres de bois peint, regorgeant de bijoux, des meubles plaqués d'or s'entassaient. Des statuettes en bois de serviteurs, destinées à s'occuper du mort dans l'éternité, semblaient prêtes à bouger. Il y avait des bergers, des bouchers, des tisserands, des servantes, des guerriers : tout un monde miniature pour prendre soin du pharaon ressuscité. Sur des petites tables, on avait même disposé des pains et des fruits, desséchés depuis longtemps. Au centre de la pièce trônait un sarcophage massif de grès noir, entouré de statues de dieux et de déesses.

Excités par tant de richesses, les pillards ne savaient plus où donner de la tête. L'un d'eux bouscula le coffre contenant les vases canopes[1] qui abritaient les entrailles de la momie. Ayant aperçu de magnifiques poignards au manche d'or ciselé, il se précipita pour s'en emparer.

Le meneur de la bande essayait de dominer le désordre.

– Prenez d'abord ce qui est en or et les bijoux ! Nous reviendrons ensuite pour ouvrir le sarcophage !

– Ça m'étonnerait, dit Tod d'une voix calme.

Les voleurs se retournèrent, hébétés. Tod, Hori et Ahmosé leur barraient le passage, suivis par cinq policiers aux lances menaçantes.

– Au nom de Pharaon, je vous arrête !

1 Vases d'albâtre dans lesquels étaient placés les intestins, le foie, l'estomac et les poumons de la momie. Leurs couvercles avaient la forme d'une tête de dieu.

CHAPITRE XV

Tamit était folle d'inquiétude. Les nouvelles parvenaient très vite à la taverne des *Deux Crocodiles.* Elle apprit ainsi que des bateaux étaient entrés en collision sur le Nil, et que d'importantes forces de police tentaient d'arrêter un dangereux malfaiteur ! Hori et Ahmosé étaient sûrement mêlés à cette affaire ; que leur était-il arrivé ?

La jeune fille se précipita sur les quais, se frayant un chemin parmi la foule de badauds. Un bateau s'approchait et, à son bord, elle aperçut une dizaine de silhouettes, des Nubiens à la peau sombre, des garçons et... Didi ! C'était bien le petit singe vert d'Ahmosé, ses amis étaient sains et saufs !

Pleurant de bonheur, Tamit courut jusqu'au débarcadère. Hori, Ahmosé et Didi descendirent les derniers et Tamit les serra dans ses bras.

– Que s'est-il passé ? Racontez-moi tout !

Les garçons se regardèrent, perplexes : par où commencer ?

– Eh bien, comme je le craignais, tenta Hori, nous sommes tombés dans un piège. Ahmosé, ébloui par une belle chanteuse, a bu de la bière droguée ; on nous a attachés, Didi m'a libéré et je me suis caché sur un toit pendant que notre ami traversait le Nil…

– Quoi ? s'exclama la jeune fille tandis qu'Ahmosé éclatait de rire.

– Et ce n'est que le début de l'histoire, reprit Hori. Pourrions-nous aller à la taverne pour te raconter la suite ? J'avoue que j'ai un peu faim.

– Bien sûr. Et c'est moi qui vous invite !

Le soir tombait dans la maison d'Ithou. Debout dans sa chambre, Hori se regarda dans le miroir d'argent poli et grimaça. Comme chaque fois qu'il portait une perruque, il se trouvait ridicule. La lourde coiffe de cheveux noirs faisait paraître encore plus mince son visage fin ; et ce n'était pas le superbe collier de perles, de turquoise et d'or, prêté par son oncle, qui l'aiderait à se sentir à l'aise.

– J'ai l'air d'un singe savant, soupira-t-il. Je me demande à quoi va ressembler Ahmosé… Lui aussi est obligé de se faire beau, puisque mon oncle donne un banquet en notre honneur.

Hori sourit. Ithou était tellement fier qu'il avait organisé une fête et invité plusieurs hauts dignitaires de Thèbes à venir honorer les deux héros du moment. Même si le jeune scribe détestait ce genre de festivités, l'affection de son oncle l'attendrissait. « Mon oncle a même convié Tamit, songea-t-il. Pourvu qu'elle soit aussi bien maquillée que l'autre jour, dans le jardin. Quel dommage que mes parents ne puissent pas être là ! »

Hori soupira. Dans des moments comme celui-ci, sa famille lui manquait plus que jamais.

Le vieux majordome entra. Pour une fois, il avait oublié ses rhumatismes et paraissait tout ragaillardi.

– Mon maître te fait dire que les convives t'attendent.

La grande salle de réception était déjà noire de monde. Ithou avait bien fait les choses : la pièce, repeinte à neuf, était décorée de grands bouquets de lotus et de *perséa.* L'odeur des parfums et des onguents montait à la tête. Un groupe de musiciens avait commencé à jouer en sourdine. Dans les cuisines, une armée de serviteurs s'affairait depuis le matin, rôtissant des pièces de bœuf, des oies, des cailles et des canards, et préparant les plats de légumes : jeunes fèves, laitues, oignons doux, pastèques, concombres, lentilles aux épices… Il y avait là de quoi flatter le palais de chacun. Le chef cuisinier d'Ithou surveillait d'un œil gourmand les plateaux de pâtisseries au miel, au jus de caroube et aux dattes qu'une fillette éventait d'une feuille de palme pour en écarter les mouches.

Près du porche, de jeunes servantes presque nues accueillaient les invités en posant sur leur tête un cône de pâte parfumée qui fondrait tout au long de la soirée, imprégnant les perruques de senteurs délicieuses. D'autres circulaient entre les convives en proposant des coupes de vin capiteux.

Hori parcourut la foule des yeux et fut soulagé de trouver Ahmosé. Accroupi sur son épaule, Didi tentait de défaire une tresse de la perruque de son maître qui lui donnait des petites tapes impatientes.

– Hori, te voilà enfin ! Viens, je vais te présenter à mes parents.

Ahmosé emmena son ami dans les jardins. Là, au milieu d'un groupe de notables, se tenaient son père, un homme corpulent paré d'un superbe manteau de lin plissé, et sa mère, une petite femme souriante couverte de bijoux. Tous deux furent enchantés de faire sa connaissance.

– Tu as vu Tamit ? demanda Ahmosé. Elle est là...

Il lui montra la jeune fille, vêtue d'une robe de lin immaculé, une fleur de lotus dans les cheveux. Elle regardait fixement les garçons avec un sourire moqueur.

– Vous semblez bien troublés pour les héros du jour... Savez-vous qu'on ne parle que de vos exploits en ville ? Ma mère m'a assuré qu'à la taverne des *Deux Crocodiles*...

Tamit rougit et se mordit la lèvre, un peu honteuse, en regardant autour d'elle. Tous ces hauts dignitaires ne fréquentaient certainement pas les tavernes du port ! Mais aucun des invités d'Ithou ne semblait avoir prêté attention à ses propos.

– Maman a entendu dire que vous vous étiez jetés dans le Nil, qu'Ahmosé avait assommé un crocodile qui l'attaquait, et qu'à vous deux, vous aviez réussi à couler le bateau des voleurs !

– C'est à peu près ça, se rengorgea Ahmosé pendant qu'Hori éclatait de rire. Didi, lâche cette grenade !

– Mais laisse-le manger tranquillement, protesta Tamit. Donne-le-moi, je vais m'occuper de lui pendant que tu me racontes une fois de plus vos aventures…

– Hori ! l'interrompit l'oncle Ithou. Voici Ani, qui nous a fait l'honneur de venir ce soir. Ani est le secrétaire du vizir…

Impressionné, l'adolescent salua le haut personnage. Ani eut un large sourire. Le secrétaire du vizir était petit, vif, avec d'immenses yeux bleu-vert soulignés par un maquillage soigné. Il portait une superbe robe de lin plissé, une tunique brodée et un magnifique pectoral[1] de céramique et d'or, décoré de l'œil d'Horus. Ani regarda Hori avec bienveillance.

---

1 Pendentif accroché à un collier.

– Le vizir a été heureux d'apprendre tes exploits, jeune homme.

À l'école de la maison de Vie, Hori avait appris à répondre à ses supérieurs.

– J'ai fait bien peu de choses, Seigneur. Et hélas, le principal coupable, Djedi, n'a pas été arrêté…

Ani eut un geste de la main.

– Ce criminel a dû se noyer, comme il le mérite. À moins qu'un crocodile ne nous en ait débarrassés.

Hori en doutait; l'homme sombre semblait plein de ressources. Il ne l'imaginait pas finissant ses jours dans les eaux troubles du Nil.

– Nous avons fait une enquête sur ce Djedi, continua le secrétaire du vizir. Il est d'une audace incroyable! Ses talents de magicien lui ont permis de s'introduire dans la meilleure société thébaine. Il profitait de ses relations pour obtenir des renseignements confidentiels, comme le plan de la vallée des Reines. Il a acheté le silence des policiers *medjay* chargés de surveiller les lieux sacrés. Il a même réussi à copier le sceau officiel du directeur du bétail des temples de l'ouest…

Ani serra les poings.

– Voilà des mois que ce criminel organisait des pillages de tombes avec sa bande de complices ! Ils cachaient leur butin dans un caveau du vieux palais de Malqatta. Et ces voleurs sont aussi des assassins : Sénab nous a avoué que, sur ordre de Djedi, il avait tué ce marin, l'autre jour…

Tamit poussa un cri d'horreur.

– Inaros !

– Tu le connaissais, jeune fille ? s'étonna Ani.

– C'était un ami de ma mère Mérit, Seigneur.

– Ainsi tu es Tamit, et c'est chez toi que l'amulette a été trouvée ? J'enverrai donc à ta mère un de mes policiers, son témoignage me sera précieux. Ne te fais pas de souci, tu as bien agi et Mérit ne sera pas inquiétée.

Tamit s'inclina sans un mot, très émue.

– Les criminels, en revanche, seront sévèrement châtiés, poursuivit le secrétaire du vizir. Sénab et les policiers corrompus méritent la mort, et la chanteuse Iset finira ses jours en prison ! Quant à vous, Hori et Ahmosé, pour vous récompenser, le vizir, au nom de Pharaon, Vie, Santé, Force, vous offre ces bracelets…

Ani se pencha vers un Hori interloqué, et lui fixa au poignet un anneau d'or pur. Il fit de même avec Ahmosé.

– … et il vous propose de continuer votre stage de scribe auprès de la Haute Cour de justice de Thèbes !

Hori était comblé. Travailler à la Haute Cour de justice : voilà une mission passionnante, bien plus que de compter des bœufs ! Mais devant la mine dépitée d'Ithou, il répondit :

– C'est un bien grand honneur, mais je dois demander la permission à mon oncle…

Ithou regarda son neveu et vit la petite

lueur d'espoir au fond de ses prunelles sombres. Il soupira.

– C'est un gros sacrifice de me séparer du fils de ma sœur, mais je suis très heureux de cette décision qui distingue notre famille.

Consultés également au sujet de leur fils, les parents d'Ahmosé se confondirent en remerciements.

Ani poursuivit :

– Afin de t'assister dans ton travail, Ithou, je m'engage à te trouver deux autres apprentis qui te donneront satisfaction.

L'oncle eut un sourire ravi. Mais un détail préoccupait Hori, et il s'approcha du représentant du vizir :

– Seigneur Ani, il y a une chose que j'aimerais savoir : le bijou volé, le scarabée du cœur… va-t-on le remettre à sa place, sur la momie ?

Ani regarda le garçon d'un air grave.

– Nous avons prévu de restaurer la tombe de la reine Nofret, et je te promets que ce bijou lui sera restitué. Peut-être souhaiterais-tu participer à la cérémonie de purification qui lui rendra la paix ?

– J'en serais très heureux...

Après le départ du dignitaire, Ahmosé n'y tint plus : il entraîna Hori dans le jardin et commença un pas de danse.

– Plus de bœufs ! Plus de vaches ! Finis les comptages de veaux ! Ah, c'est le plus beau jour de mon existence !

Son compagnon éclata de rire, puis il chercha Tamit du regard pour l'inviter à partager leur joie. Mais la jeune fille s'éloignait tristement de la salle du banquet. Hori courut la rattraper.

– Qu'y a-t-il, Tamit, tu es fâchée ?

– Non, répondit-elle doucement, mais vous êtes des personnages importants, maintenant. Et je pense que nous ne nous reverrons plus !

D'un bond, Didi sauta sur l'épaule de Tamit et lui gratta la joue, comme pour la consoler.

– Quoi ? s'écria Ahmosé. Et pourquoi donc ? J'espère bien te raconter mes nouveaux exploits tous les jours, en sortant de la Haute Cour de justice !

– *Nos* nouveaux exploits ! corrigea Hori en riant. Tamit, tu es notre amie, ne nous abandonne pas ! Que deviendrons-nous au milieu de tous ces scribes sérieux si tu n'es pas là pour nous taquiner ?

Pour toute réponse, la jeune fille leur sauta au cou.

– Et qui sait ? Peut-être pourras-tu nous aider à résoudre de nouvelles énigmes, ajouta Ahmosé. J'ai l'impression qu'Hori a un talent particulier pour s'attirer des ennuis…

LE PANTHÉON DES DIEUX

AMON : dieu créateur de la lumière, à l'origine de tout ce qui existe. Il est représenté en homme portant une haute couronne avec deux plumes, ou en homme avec une tête de bélier.

ANUBIS : spécialisé dans les rites funéraires, il est le lien entre la vie et la mort. Il est représenté avec une tête de chacal.

BÈS : dieu qui chasse les mauvais esprits, protecteur de la maison et du sommeil, il apporte aussi la bonne humeur. Bès est représenté par un nain barbu et grimaçant qui tire la langue.

COBRA : aussi appelée Mertseger, c'est la fille de Maât. Elle punit les criminels de son venin, mais peut pardonner aux repentis.

HORUS : fils d'Isis et d'Osiris. Il est représenté avec une tête de faucon. Le pharaon était l'incarnation d'Horus.

ISIS : déesse de la Magie, c'est la sœur et l'épouse d'Osiris et la mère d'Horus.

KHONSOU : fils d'Amon, c'est le dieu de la Lune, réputé pour son pouvoir de guérison. Il est coiffé de la mèche de l'enfance, du croissant et du disque lunaires.

MAÂT : fille de Rê, elle incarne l'équilibre cosmique, la justice, la vérité et l'ordre. Elle est coiffée d'une plume d'autruche.

NÉPHTYS : sœur d'Isis et d'Osiris, elle aide Isis à ressusciter les morts.

OSIRIS : assassiné par son frère Seth, il ressuscite grâce à son épouse Isis. Osiris est le dieu des morts et symbolise la résurrection. Il est figuré par un homme à la peau verte.

PTAH : dieu de la ville de Memphis, patron des artisans, il porte une barbe et tient un sceptre.

RÊ : dieu soleil, souvent représenté par un homme à tête de faucon ou de bélier, surmontée du disque solaire. Son voyage dans la barque sacrée symbolise le cycle des jours.

SEKHMET : fille de Rê, c'est la déesse de la Guerre et des Maladies, mais elle apporte aussi la guérison. Déesse à tête de lionne et au corps de femme, elle est redoutable et très dangereuse.

SETH : frère assassin d'Osiris, il symbolise le désordre, le désert, les tempêtes et la guerre. C'est un homme à tête de chien.

SOBEK : maître des eaux, associé à la fertilité, il est représenté par un crocodile.

TAOURÈT : protectrice des femmes enceintes, elle repousse les mauvais esprits. Elle est représentée par un hippopotame.

THOT : dieu de l'Écriture et du Calcul, c'est le patron des scribes. C'est aussi le messager des dieux. Il est représenté par un homme à tête d'ibis ou par un babouin.

Découvre d'autres aventures d'Hori et ses amis dans :

La conspiration du harem

Les deux jeunes apprentis scribes Hori et Ahmosé débutent leur stage à la Haute Cour de justice. Sous l'œil sévère de May, le responsable des archives, ils se retrouvent à copier et classer les plaintes déposées au tribunal. Un jour, une jeune femme bouleversée donne à Hori une plaquette sur laquelle est gravé un mystérieux message : « Il faut protéger le prince Ramsès. Ses jours sont en grand danger. Dans le harem, on lui veut du mal et on prépare sa mort… » Aidés par Tamit, les deux amis ne reculeront devant rien pour déjouer le complot qui se trame.

Chez Fleurus, tu peux lire aussi dans la collection *Les enquêtes du Samovar*:

Meurtre au Majestic

Raoul Vauthier, un archéologue arrogant arrivé depuis peu à Port d'Amar pour y donner une conférence, est découvert sans vie dans le bar de l'hôtel *Majestic.* Mort accidentelle ou assassinat ? Une des sept personnes présentes dans la salle à l'heure du crime avait-elle intérêt à faire disparaître Vauthier ? Les trois détectives du *Samovar* enquêtent…

Eaux mortelles

Le tout récent centre de recherches sur la vie sous-marine de la pointe du Perroquet est en deuil : sa fondatrice, la richissime Félicité Stapelton, a perdu la vie lors d'une sortie en mer. Une fausse manœuvre de navigation serait à l'origine du drame. Pourtant, dans l'esprit de Lou, Stanislas et Constantin, le doute subsiste : et si Félicité avait été assassinée ?

L'Affaire Cornelius

Barbara Cornelius, une comédienne à la retraite, rêve de remonter sur les planches. À l'occasion de ses 80 ans, toute sa famille décide de jouer *L'Albatros,* une pièce où elle tient le premier rôle, celui d'une femme qui se suicide au dernier acte. Pendant une répétition de la scène finale, l'actrice s'effondre… et elle ne joue pas la comédie !

Porté disparu

Les vacances qui débutent s'annoncent explosives : Lou, Stan et Constantin, les trois détectives du *Samovar,* sont sur une nouvelle enquête. Un journaliste a disparu : fugue, enlèvement, assassinat ? Les indices sont minces, mais il faut agir vite et tout en finesse, la vie de l'homme en dépend peut-être…

Trompe-l'œil

Incroyable : un tableau sans valeur et peint par un illustre inconnu a été volé dans la villa de Fanny Fink, une célèbre chanteuse de rock ! Est-ce une erreur ? Une mauvaise plaisanterie ? Le méfait d'un fan ? Il y a là de quoi dérouter les meilleurs détectives. Mais pas les enquêteurs du *Samovar*...

Le cri du rubis

Lou, Stan et Constantin, les détectives du *Samovar*, embarquent sur un magnifique paquebot pour une paisible croisière. Mais un drame éclate : un homme vole un collier de grande valeur, tente de s'enfuir, et tombe à la mer... Cet accident entraîne une série de mensonges, dissimulations, escroqueries... que nos enquêteurs auront bien du mal à déjouer.

Direction éditoriale : Christophe Savouré
Édition : Élodie Lépine, Danielle Védrinelle
Direction artistique : Laurent Quellet

Composition : Express Compo
Achevé d'imprimer en février 2006
Imprimé en Italie par Legoprint
Dépôt légal : avril 2005
ISBN 10 : 2-215-05302-X
ISBN 13 : 978-2-215-05302-X
2e édition - n° 93759

Loi n° 49-956 du 16 juillet 1949 sur les publications destinées à la jeunesse.

15/27, rue Moussorgski
75895 Paris cedex 18